チビタ　ッドとケンカする

Illustration :
Kagari Kagami

セシル文庫

悪魔との赤ちゃん
ゼウス共同戦線

樹生かなめ

イラストレーション／加賀美 炬

◆目次

この作品はフィクションです。
実在の人物・団体・事件などに
一切関係ありません。

悪魔との赤ちゃん
ゼウス共同戦線

1

人間にとって悪魔とは？

その答えは人によるけれど、すべての悪魔にとって人間は虫ケラ以下。

悪魔と契約なんて絶対にしてはいけない。

一時の栄華《えいが》のため、永遠の生き地獄を味わうことになる。

「……そ、そなた……東洋人の男……大公爵の噂の妻だな……もう耐えられぬ……」

ブルボン王朝のルイ14世が血塗《まみ》れで大理石の床を這ってきた。魔界の大公爵ことアスタロトと契約し、絶対王政の象徴として権勢を誇ったが、人としての生《せい》を終えたらただの虫ケラ。

「……っ……あ、あのヴェルサイユ宮殿のルイ14世？」

エリザベス女王やヴィクトリア女王がアスタロトと契約していたのは知っていたけれどルイ14世まで、と八雲《やぐも》俊介《しゅんすけ》は心の底から驚いた。

初めて恋をした相手はあまりにも闇が深い。……否《いな》、闇が深くても当然だ。魔界だけでなく天界も一目置く大悪魔なのだから。

「……い、いかにも……朕《ちん》は国家なり……アポロンの再来と称《たた》えられた朕が……」

アスタロトの残虐《ざんぎゃく》さは、その華やかな美貌とともに天界にも知れ渡っている。同時に天使長と魔王が加護を与えた人間の男と契約して子を成したことも。

「アスタロトなんかと契約するからです」

野心のために悪魔と契約したのは誰だ？

アスタロトはあんなに綺麗でも悪魔なんだぞ、と俊介は目を吊り上げた。アスタロトを心から愛していても悪徳《あくとく》の栄《さか》えは支持しない。……できない。

「……そ、そなた、アスタロトの妻でありながら……」

ルイ14世は額から血をだらだら流しながら呆然とした。アスタロトは悠久《ゆうきゅう》の時を自在に泳いでいるが、一度も妻を娶《めと》ったことはない。それだけでも俊介は特別。

だからこそ、注目された。

「……まさか、僕が悪魔と契約するとは思わなかった」

家族を救うためにアスタロトと契約したのに、サタンのせいで家族を失ってしまった。

家族のところに行きたかったのに。

人生はどこでどうなるのかわからない。

俊介が今までに幾度となく、しみじみと噛み締めた思いだ。

「……そ、そなたと大公爵は契約という名の結婚……であろうに……子まで成して……跡取りの母……」

「それはわかっている……けど……」

いつしか、冷酷無比な大悪魔を愛していた。予想だにしていなかったのに、男でありながら妊娠して出産した。

「……大公爵に意見できる唯一の正妻……頼む……助けてくれ……よしなに……」

ルイ14世に縋《すが》られるまでもなく、俊介はどうしたって見ていられない。気づいてやってきた上級悪魔に声を上げげた。

「……こちら、ルイ14世、もう助けてあげてください。ルイ14世崩御《ほうぎょ》からどれくらい経ちましたか？　もう充分でしょう」

「奥方様、それは我らの口からは大公爵様に申し上げられません。我らはまだ魔獣の餌《えさ》になりたくありませぬ故《ゆえ》」

アスタロトに忠誠を誓った上級悪魔は、俊介に向かって貴族的なお辞儀《じぎ》をした。ルイ14世には一瞥《いちべつ》もくれない。

「……ま、魔獣の餌？」

俊介が顔を歪《ゆが》めた時、どこからともなく下級悪魔の悲鳴混じりの声が聞こえてきた。

「……ひ、ひーっ……ま、ま、ま、魔獣がーっ」

「……うっ……大公爵様お気に入りの魔獣たちが……うぉぉぉぉ……た、助けてくれ……」

「奥方様、助けてください。アスタロト様は界境《かいきょう》で魔界代表として、オリュンポス代表のアポロンと交渉中でございますーっ」

黒い血を流した中級悪魔や顔が半分消えた下級悪魔など、続々と現れて俊介の前で膝をついた。

「大公爵夫人、魔獣……魔獣を……」

「……魔獣？　魔獣が暴れても、僕には何もできない」

魔獣が服従するのはアスタロトのみ。

「……そ、そうではありません。アスタロト・ジュニア様が……」

身体が半分焼け爛《ただ》れた下級悪魔は最後まで言えず、俊介の足元で禍々《まがまが》しい気を放つ黒い蜥蜴《とかげ》になった。

気づけば、磨き抜かれた廊下には黒い蟻《あり》や芋虫、蛞蝓《なめくじ》だらけ。

「……チビタ？　チビタはミルクと一緒に寝ているんじゃないのか？」

俊介の想定外の人生の中でもナンバーワンは子供を産んだこと。

大公爵の跡取りとしてアスタロト・ジュニアの名を与えられたが、前代未聞のやんちゃぶりに呼び名が『チビタ』になった。

「アスタロト・ジュニア様が……」

大理石の床で這いずり回る黒い蛞蝓が消え入りそうな声で言った。

「チビタ？　チビタが魔獣に襲われているのか？」

僕のチビタ、と俊介の背筋に冷たいものが走った。

いくら大公爵の跡取りで結界やぶりが得意でもまだまだ小さい。獰猛《どうもう》な魔獣にとってはいい餌だ。

「アスタロト様の奥方……は、は、は、早く来てくだされーっ」

廊下の突き当たりから金切り声が響いてくる。ズドドドドドドッ、という不気味な音も聞こえてきた。

「チビターっ」

俊介は真っ青な顔で走りだした。レオナルド・ダ・ヴィンチが魔界で描いた美少年の肖像画が何枚も飾られた廊下を。

黄水晶と黄金の大きなシャンデリアの下、可愛い子供が邪悪な魔獣たちに襲われていた。

……いや、反対。

天使のような小悪魔が邪悪な魔獣たちを襲っていた。角が二本の魔獣に跨《また》がって噛みつき、角《つの》が五本ある魔獣の尻尾を掴《つか》んでいる。辺りにはジュニアの魔力であるラベンダー色のオーラ。

「……ひっ」

夢想だにしていなかった光景に、俊介は茫然《ぼうぜん》自失。

「ママ～っ」

ジュニアは最愛の母を見て、つぶらな目をキラキラさせた。それでも、魔獣から離れようとしない。

クーパーズ犬のミルクが必死になって宥《なだ》めている。……ように見える。俊介の愛犬はジュニアの乳母犬だ。

「……チ……チビタ？」

俊介はやっとのことで声を絞りだしたが、手足に力が入らない。

「かっくん」

小悪魔は愛くるしい笑顔で人間界の友人の名を口にした。初対面で殴り合いの勝負をした腕白坊主《わんぱくぼうず》だ。

「……え？」

「まっくん、ゆうくん、たっくん、みっちゃん、なっちゃん、さっちゃん」

……あ、グリーンホームの子？

チビタの人間界での友達たち、と俊介は祖父の代から縁があった施設の子供たちを思いだした。

金銭的に逼迫《ひっぱく》し、園長の息子はアスタロトを召還《しょうかん》するまで追い詰められていたが、紆余《うよ》曲折《きょくせつ》ありつつもすんでのところで助けることができた。グリーンホームは今後も八雲《やぐも》家、つまり当主である俊介が金銭的な援助をする予定。

「……チ、チビタ？」

「あっちゃん、きぃくん、直太朗《なおたろう》お兄ちゃん」

ジュニアは尻尾を掴んでいた魔獣をラベンダー色の大きな哺乳瓶に入れた。

アーチ型の壁龕《へきがん》の前、ラベンダー色の檻《おり》に拘束されているのは九つの目がある魔獣と双頭の魔獣だ。床には厨房《ちゅうぼう》からくすねたらしいビスケットやデコレート前の丸いスポンジ生地が転がっている。

　俊介にいやな予感が走った。

「……ま、まさか、施設の友達にあげるのかな？　違うよね？」

　以前、僕が気づく前、チビタはチビベルと一緒に実家のスイーツをグリーンホームの子供たちにあげようと準備した。

　優しい子だ。

　スイーツは子供たちが大喜びしたし、食材は直太朗くんが喜んでくれたけど……ここからは魔獣？

　チビタにとってはスイーツと魔獣は同じ？

　スイーツと魔獣の違いぐらいはわかるよな、と俊介は愛《いと》し子に一縷《いちる》の望みをかけたが。

「……ふんっ」

　小悪魔はドヤ顔で胸を張った。

「……だ、駄目ーっ」

　俊介は土気色の顔で悲鳴を上げたが、ジュニアは無邪気な笑顔で宣言した。

「あげゆ」

「めーです。絶対にめーっ」

ていても。

俊介は小悪魔を抱き上げたいが、魔獣が恐ろしくて足が竦《すく》む。チビタの魔力に拘束《こうそく》され

「あげゆの」

「駄目ーっ」

いつもならすぐ僕に抱きついてくるのに、と俊介は小悪魔に向かって左右の手を伸ばした。


「ママのおっぱい、かけて」

ジュニアの小さな人差し指が示すのは、ラベンダー色の大きな風船に詰めた魔獣だ。

「おっぱい、忘れなさいーっ」

「ママのおっぱい、干し葡萄《ぶどう》、永遠に～っ」

「チビタ、おやつを食べよう。今日のおやつは何かな？　プリンかな？　アイスかな？」

「かっくんにもあげゆ」

ジュニアが魔力で瞬間移動したら終わりだ。ミルクはともかく魔獣まで連れていったらどうなるだろう。恐ろしくて想像したくもない。

「今頃、かっくんはおねんねだよ。チビタはおやつを食べてミルクとお散歩してから、かっくんに会いに行こう」

「かっくん、呼ぶ」

ジュニアの人差し指が天を差した瞬間、ミルクが止めるように吠えた。俊介も全身全霊を傾けて叫ぶ。

「絶対に呼んじゃ駄目ーっ」

俊介がワガママ大魔王に苦戦しているあいだに、淡いラベンダー色の魔力はますます浸《しん》透《とう》し、上級悪魔も苦しそうに膝をついた。

「大公爵夫人、……わ、我らもジュニア様の魔力を食《く》らって……あぁ……」

「……さすが……天界の脅威《きょうい》……オリュンポスも神経を尖《とが》らせている奇跡の悪魔……ポセイドンもヘラもアテナも……うううう……」

時は一刻を争う。

しかし、俊介には最愛のワガママ大王を止める一手が繰りだせない。

アスタロト、どこで何をしている？

オリュンポスのアポロンと交渉中だって聞いたけど、アスタロトならこっちの様子も窺《うかが》っているよな？

チビタはアスタロトの息子だぞ。

アスタロトの力を受け継いだ子だから、こんなにすごいんだ。

僕の手に負えない。

さっさと来てくれーっ、と俊介は心魂《しんこん》から夫を呼んだ。

その瞬間、紫色のオーラが俊介の身体をふわりと包む。

「パパ、めっ、めっ、めーっ」

ジュニアは怒髪天《どはつてん》を衝《つ》き、魔獣から飛び降りた。

「我が妻、我《われ》を呼んだか？」

紫色のオーラが人の形になる。……いや、アスタロトの華やかな姿を取り、俊介の肩を抱き寄せた。周りの空気が一変し、淡いラベンダー色の空気が鮮《あざ》やかな紫色に。

「アスタロト、遅い」

俊介が文句を言うと、アスタロトの紫水晶のような目が曇った。

「……そなた」

「パパ、ママはチビタの嫁、めっめっめっめっめっめーっ」

ママは僕だけのもの、とジュニアの紫色の目は如実《にょじつ》に語っている。最愛の母が父を見つめるのが許せない。

シュッ、とラベンダー色の矢を憎い敵に放つ。

「吾子《わこ》、俊介は我の妻なり」

アスタロトは俊介の肩を抱いたまま、ふっ、と息を吐いただけでジュニア渾身《こんしん》の矢を砕《くだ》いた。

「パパ、めーっ。めーっ。めーなの」

ジュニアは人差し指で左右上下を差し、アスタロトの頭上にラベンダー色の槍を降らせた。

「吾子、控《ひか》えよ」

アスタロトは難なく跡取り息子の攻撃を阻《はば》む。

「パパ、めっめっめっめっめっめーっ。ママ、チビタの嫁ーっ」

「何度も申した。吾子の母は我の妻」

「めーっ。ママはチビタの嫁。ママのおっぱい、チビタの。めっめっめっめっめーっ」

俊介が止める間もなく、ジュニアの怒りは大きくなり、周りにいた中級から上級までの悪魔が溶けた。

「……ひぃぃぃぃぃぃ……大公爵様と跡取り様が争ったら我らは一溜《ひとたま》りもない……」

「……アスタロト様、あれほどお願いしたのにジュニア様と……あぁ、我が部隊は全滅です……おやめくだされ……」

西域の統治者と後継者の父子ゲンカは、居城だけでなく領地も影響を受ける。西の最果てから下級悪魔の断末魔が響いてきた。

ゴウウウウウウウウウウ、という恐ろしい地響きも海鳴りも竜巻《たつまき》の音も怪鳥《かいちょう》の鳴き声も、すべての原因は紫水晶のような瞳を持つ父と息子。

『アスタロト、アポロンとの交渉は終わっていないだろう？　すぐに戻れ』

楕円《だえん》や矩形《くけい》の絵画がはめこまれた漆喰《しっくい》天井から、サタンの側近であるベルゼブブの声が聞こえてきたが、アスタロトは右から左に聞き流している。左手の紫水晶を輝かせ、優雅に跡取り息子と交戦中。

俊介は焦《あせ》るばかりで何もできない。

ミルクが何かを訴えるように、俊介に向かって優しく吠えた。こっちよ、こっちを見て、とばかりにワンワンワン。

開け放たれた扉の前、執事が三段重ねのケーキやワッフルのタワーを乗せた銀のワゴンに手を添えて立っている。父子ゲンカから受けるダメージを考慮して、入室しようとはしない。スイーツで食い意地の張った小悪魔を釣り上げるつもりだ。

執事に縋るような目で一礼され、俊介は一刻の猶予《ゆうよ》もないことを知った。

「チビタ、ママはチビタの嫁だよ。僕のところにおいで」

俊介はアスタロトの腕から離れ、激昂《げきこう》している小悪魔に手を伸ばす。

「ママ〜っ」

両手でラベンダー色の金棒を振り回していたものの、最愛の母に向かって一目散《いちもくさん》。

「チビタ、いい子だね。やっと僕に抱っこさせてくれた」

ジュニアが飛びついてきたから、俊介はほっと胸を撫で下ろした。

「ママ、ママ、ママ〜っ」

チュッチュッチュッ、とジュニアに唇にキスされている間に、隣にいた大公爵は忽然《こつぜん》と消えている。

俊介は執事が押すワゴンを指した。

「チビタ、ほら、美味しそうなケーキだよ。ワッフルもプディングもあるよ」

俊介が聖母マリアを意識して微笑むと、ジュニアは無邪気な笑顔を浮かべた。

「ママ、おっぱい、かけて」

「おっぱいは忘れ……ううん、うん、もう……お、おっぱい、かけてあげる」

魔獣をグリーンホームに持ち込むより、おっぱい聖人のほうがマシ。

理想の育児と現実の狭間で苦しむママの気持ちがよくわかる、と俊介は究極の選択をした。

「ママのおっぱい。ママのおっぱい〜っ」

俊介は息子を抱き直すと、執事のワゴンに向かって猛ダッシュ。

すかさず、執事は銀のワゴンを押して早足で歩いた。少しでも戦場と化した大広間から離れたい。

「ジュニア様、こちらの窓から薔薇《ばら》園がご覧になれます。こちらにどうぞ」

執事は突き当たりの大広間に先導しようとしている。賢明な判断だ。

「ママのおっぱい、かけた？」

ジュニアは最愛の母の平らな胸の中から執事に確かめる。

「チョコレートケーキにホイップした生クリームをたっぷり」

執事はいっさい狼狽《うろた》えず、小さな主人に答えた。

なのに、すでにジュニアの意識は壁の肖像画に。

「おちんちん」

つぶらな瞳は艶《なま》めかしい美少年の全裸の油絵に注がれている。アスタロトと契約したルネサンスの偉大な天才の筆による傑作の一枚。

「レオナルド・ダ・ヴィンチが魔界で描いた絵？」

俊介の目にも局部に並々ならぬ情熱が注がれているように見えた。

「直太朗お兄ちゃん」

いきなり何をいいだすんだ？

直太朗くんとは似ても似つかない少年じゃないか。

レオナルド・ダ・ヴィンチの恋人っていうか想い人だったたっていう少年の絵かな、と俊介は胸の愛し子を抱き直した。レオナルド・ダ・ヴィンチが男色家だった噂は、俊介も知っている。

「あげゅ」

「宗教画ならともかく……やめようね」

直太朗は敬虔《けいけん》なクリスチャンで牧師だ。四大天使のひとりであるガブリエルの加護も受けている。

「ちんちん、あげゆの」

チビタの悪魔の象徴である尻尾が力《りき》んでいる。下手をしたら、せっかく忘れさせた魔獣を思いだすかもしれない。

「魔獣よりマシか」

俊介が白旗を掲げると、ジュニアはにんまり。

「ママのおっぱい、サクランボ」

ジュニアが元気よく人差し指を立てた瞬間、ラベンダー色のオーラに包まれ、景色が変わった。

2

一瞬で人間界のグリーンホーム、つまり古い洋館の一室だ。

俊介は今までに魔力の瞬間移動を何度も経験したが慣れない。ふぅ〜っ、と自分を落ち着かせるように息を吐いた。

もっとも、抱いている息子は元気。

子供同士には何か見えない力があるのか、チビタの大親友のかっくんが大きな柱時計の後ろから飛びだしてきた。

「チビタ？　チビターっ？　チビタ、来たーっ」

かっくんが笑顔全開で走ってくると、ジュニアは鼻を鳴らして最愛の母の腕から飛びだした。

「ふんっ、チビタ」

ジュニアとかっくんはどちらも猪《いのしし》の如《ごと》く一直線。

ダダダダダッ、と走った途端、真正面からぶつかった。

ゴツンっ、と。

「……ひっ」

俊介が止めるまもなく、やんちゃ坊主のナンバーワンふたりはゴロン、と背中から転がった。

……が、すぐにチビタが立ち上がってかっくんに向かってジャンプ。

「ふんっ、チビタ、ママのおっぱいケーキ」

かっくんも立ち上がってチビタに向かってジャンプ。

「ふんっ、かっくん、お空のママのおっぱいおにぎり」

ふたたび、やんちゃ坊主ナンバーワンのふたりは真正面から勢いよく衝突した。ゴツンっ、と勢いよくおでことおでこでご挨拶。

ゴロン、とまたどちらも背中から。

すでにふたりのおでこは赤い。

「……ふ、ふたりとも危ない。やめなさいーっ」

俊介は慌てて止めたが、やんちゃ坊主キングを争うふたりは手足を絡ませるとごろごろと仲良く廊下を転がっていった。

瞬間移動させた最愛の母には見向きもしない。

「……チ、チビタ？」

俊介はスイーツてんこもりのワゴンとレオナルド・ダ・ヴィンチ筆の肖像画の前で呆然と立ち竦む。

遠くなった廊下、ごろごろと転がり続けるチビタとかっくんに、施設の子供たちがわらわらと集まってきた。

「チビタ？　チビタがいたーっ」

「チビタ、待ってた。遅いよ～っ」

「チ～にいに。か～にいに」

おむつもこもこの乳幼児がつかまり立ちのヨチヨチ歩きで近寄ると、やんちゃ坊主コンビの兄心が作用して、ようやくゴロゴロが止まる。

子供たちは再会にはしゃいだ。

ダダダダダダダダッ、とジュニアは物凄い勢いで戻ってくると、スイーツを乗せたワゴンの前でドヤ顔。

「ふんっ、あげゆ」

かっくんや子供たちも駆け寄ってきて、ワゴンのスイーツに歓声を上げた。

「ちゅ、ちゅごい〜っ」

「チビタ、いいの？」

「チビタにいたん、あ〜とう。あ〜とう」

施設の子供たちはチビタの前で大喜び。

その場でスイーツを摘まみ食いせず、ジュニアの前で踊りだした。かっくんや腕白坊主はぴょんぴょん飛び跳ねる。

「そんなに暴れたら床が抜ける」

俊介は冷や冷やしたが、子供たちの笑顔が眩しくて注意できない。セントバーナードやゴールデンレトリーバー、シャム猫やサイベリアンなど、施設に捨てられていた犬や猫たちも楽しそうに尻尾を振っている。

「直太朗お兄ちゃん、おちんちん」

ジュニアが得意気にレオナルド・ダ・ヴィンチの肖像画を差すと、かっくんや子供たちも大興奮。

「ちんちん、ちんちんだーっ」

「直太朗お兄ちゃん、おちんちんある」

「ちんちん、みっつ」

「ちんちんちん、しゅっぽぽ。ちんちんちんちん、しゅっぽぽ〜っ」

ジュニアの肩をかっくんが持ち、かっくんの肩を腕白そうな二歳児が持ち、その肩を天然ウェーブの三歳児が持ち……あっという間に、子供の列車。

「ちんちん、しゅっぱーつ」

先頭のジュニアが右手を高く掲げて合図すると、子供たちの列車は廊下をゆっくり進み出した。

「しゅっしゅっぽっぽっ、しゅっしゅっぽっぽっ、ぽっぽーっ」

ジュニアやかっくん、子供たちはそれぞれ打ち合わせしていたかのような絶妙なタイミングで列車のかけ声。

犬や猫たちも尻尾を振りながら楽しそうに付いていく。

瞬く間に、子供の列車が見えなくなった。

再度、俊介はひとりでポツン。

「……あ、あれは、何かな？」

チビタ、僕のことを完全に忘れたよな？

チビタは列車を知っていたのか？

僕、乗せたことないよな？

スイーツのワゴンも置いたまま行っちゃった。

……あ、今のうちにダ・ヴィンチの絵を魔界に返したほうがいい……って、僕にはできない……、と俊介がワゴンと絵画の前で右往左往していると、パタパタパタ、と軽やかな足音が聞こえてきた。ジュニアの足音とはまるで違う。

「……あ〜っ、直太朗お兄ちゃん、云った通り。チビタのママでちゅ〜っ」

「チビタのママ、会いたかったでしゅ」

「チビタのママ、こんちゃなの」

舌足らずな声に振り向けば、籐《とう》の衝立《ついたて》の向こう側から小さな女の子たちが覗いている。

直太朗の声も聞こえてきた。

「こんにちは」

俊介は満面の笑みを浮かべ、小さな女の子たちに近づいた。衝立の向こう側の窓辺では、グリーンホームの責任者である直太朗がおかっぱ頭の女児を膝に乗せて爪を切っている。

傍らにはあどけない女児が三名。

「直太朗くん、ご無沙汰《ぶさた》しております。いきなりごめんなさい」

チビタが急に行きたがって連絡も入れられず、と俊介は小声で詫びた。深々と腰を折る。

本来、連絡を入れなければならない。

「俊介くん、ご無沙汰しております。いつでも歓迎しますよ。俊介くんに助けてもらえなければ、子供たちも犬や猫たちもちりぢり……どんなに感謝しても足りない」

直太朗はおかっぱ頭の女児を膝に乗せた体勢で頭を下げた。どこまで理解しているのか不明だが、周りの女児たちもいっせいにペコリ。

「園長、僕は心から尊敬しています」

俊介は直太朗の肩に小さな天使を見つけて、ほっと胸を撫で下ろした。清らかな心を持った聖職者でも、ほんの隙を突かれて堕《お》ちてしまうことがあるから。

「……やめてください」

僕がアスタロトを召還したことを知っているくせに、と直太朗の曇った目は語っている。大悪魔に魂を売ってでも子供たちを守ろうとした。野心のためではないが、今でも凄絶《そうぜつ》な後悔に苛《さいな》まれている。

「直太朗くんは立派だ……うん、僕は八雲家当主として園長とじっくりこれからのことを話し合いたい」

叔父と家政婦が八雲家代表として直太朗に援助の条件を告げ、すでに話し合っている。けれど、俊介とはまだ一度も話す機会がなかった。

「……あ、その件、僕も相談したいことがあったんだ。ただ、この子たちの爪を切るまで待ってくれるかな？」

　直太朗は膝の女児の小さな手を見せながら、周りの女児たちに視線を流した。

「爪切りの順番待ち？」

　俊介が優しく尋ねると、おとなしく待っている女児たちは同時にコクリ。それぞれ、いっせいに小さな手を見せた。

「気づいたら、こんなに伸びていた。危ない」

「よかったら、僕も手伝うよ」

「助かる」

　直太朗は安堵の息を吐くと、ちんまり座って待っている女児たちに言った。

「チビタママに爪を切ってもらいましょう」

　直太朗が明るく声をかけると、次の番だったおしゃまな女児が俊介の前に立った。

「チビタママ、みっちゃんでち」

　みっちゃん、と名乗った女児は身体の前で手を添えてペコリとお辞儀した。グリーンホームの愛情溢れる教育の賜《たまもの》だ。

「みっちゃん、チビタから聞いているよ。おいで」

　チビタの口から幾度となく『みっちゃん』の名は飛びだしている。先ほど、魔獣をプレゼントしようとしたひとりだ。

チビタ、こんな可愛い子にどうして魔獣？

まだ花瓶の薔薇のほうがいいんじゃないかな、と俊介は天使のように可愛いみっちゃんに頬を緩ませた。

「チビタ、なかよち」

「そうだね。チビタと仲良くしてくれてありがとう」

「みっちゃん、チビタと一緒にかけっこちたいの。チビタ、かっくんとかけっこ」

みっちゃんはチビタと一緒に走り回りたいが、やんちゃ坊主のスピードについていけないのだろう。とても寂しそうだ。

「……チビタのかけっこにみっちゃんがついて行くのは無理……難しいだろうね」

怪我するかもしれないからやめようね、と俊介は心魂からみっちゃんに訴えかけた。

「チビタ、かっくんとびゅ～ん」

「そうだね。チビタとかっくんは早いからね」

「チビタ、かっくんとどっぽん。どっかん。どかどか。ぽかぽか。どっぽん。ちゅわわわわわわ～でち」

みっちゃんが何を言っているのかわからないけど、なんとなくわかる。

チビタ、どれだけかっくんと一緒に暴れているんだ？

よく大怪我しなかったな。

かっくんもよく無事で……あぁ、ほかの子たちも怪我させなければいいけど……あ、やっぱり老朽化した洋館は修復するより建て直したほうが安全じゃないかな、と俊介は心の中で真剣に考えながら左手の爪を切った。

当初、俊介は老朽化した洋館の維持には安全面を考慮して反対していた。亡き父と同じ意見だ。けれど、ジュニアとレミエルの子であるベルフェゴールがグリーンホームに加護を与え、洋館の維持を希望したのだ。結果、急ピッチで修復中だが、古い洋館の雰囲気を損ねないため、特別注文が多くて時間がかかるという。

「みっちゃん、いい子だね。次は右手」

チビタなら大暴れしてなかなか切らせてくれない、と俊介は心の底から感心する。

「チビタママ、ありがと」

みっちゃんは俊介にお礼を言うと、小さな右手を背中に隠した。そうして、名残惜しそうに膝から下りる。

……否、俊介がみっちゃんを止めた。

「……まだだよ。もうちょっと我慢してね」

退屈なのかな、と俊介はチビタの行動から想像した。

「とっておくの」

みっちゃんはもじもじしながら答えたが、俊介は理解できなくて首を振った。

「……え？　危ないよ」

「次もチビタママのお膝」

「……次？　次も僕の膝？」

「みっちゃん、次もちてほちいの。次にとっておく」

みっちゃんが右手を隠した理由に気づいた途端、俊介の目が潤んだ。母に甘えたくてたまらないのに母がいない子供。

「……みっちゃん」

ぎゅっ、と俊介は優しくみっちゃんを抱き締めた。あまりのいじらしさに、胸が張り裂けそうだ。

「チビタママ、次もお膝」

ぎゅうううううううう、とみっちゃんは俊介にしがみつく。

「……うん、いいよ。次もお膝に乗ってね。僕もお膝に乗せたい。次もあるから」

「チビタママ、大ちゅき」

「ありがとう……けど、今日、右手の爪を切らせてね。危ないから」

俊介は潤んだ目でみっちゃんの右手を握ろうとした。

「めっ」

みっちゃんは顔を真っ赤にして右手を隠す。

「次もあるから右手を出して」

「めっ。次にとっておくの。次はいちゅ？」

「次は……はっきりとは言えないけれどまた来るよ。僕もみっちゃんに会いたい」

俊介は視線で直太朗に助けを求めた。

しかし、直太朗は膝でぐずるおかっぱ頭の女児の頭を撫でている。爪を切り終わっても、直太朗の膝から離れたくないのだ。直太朗も甘やかしたいようだが、次の女児が泣きそうな顔で待っている。園長の膝を巡って愛くるしい女児たちのケンカ勃発《ぼっぱつ》寸前。

みっちゃんは僕がなんとかするしかない。

いじらしくて辛い、と俊介は優しく宥めながらみっちゃんの右手の爪を切り終えた。

「チビタママ、次ね。次もお膝ね」

約束、とみっちゃんに小指を差しだされる。

「みっちゃん、約束。次も僕の膝に乗ってね。それまで元気でいてね」

俊介はみっちゃんと約束の指切りをしながら誓った。絶対にグリーンホームを存続させる、と。


女児たちの爪を切り終えた後、俊介は直太朗とふたりきりで話をしたかった。しかし、女児たちが離れてくれない。

「チビタママがくれた絵本でも見ていてね」

直太朗は人懐っこい猫を二匹、巧みに利用して、女児たちを図書室に誘導した。俊介が寄贈した絵本は子供たちに大人気だという。

「チビタママ、絵本、ありがとう」

「チビタママのお星様の絵本、大好き」

「あたちもチビタママのお星たまと神たまの絵本、大好きでち」

女児たちは各自、絵本の世界に。

そっとドアを閉め、俊介と直太朗は園長室で向き合う。

ようやくふたりきり。……否、正確にはふたりではない。俊介はおしゃぶりを咥《くわ》えた赤ん坊をあやし、直太朗は手足をバタバタさせる赤ん坊を背負っていた。

「直太朗くん、以前、こんなに小さな赤ちゃんはいなかったよね？　それも双子？」

俊介が胡乱《うろん》な目で尋ねると、直太朗は生欠伸《なまあくび》を噛み殺しながら答えた。

「三日前、双子の赤ちゃんを預かることになった」

「今でも大変なのにそんな余裕があるの？」

「俊介くんが言いたいことはわかる。余裕がまったくないのに引き受けた」

直太朗は歯切れの悪い声で言ってから、施設に関する帳簿や書類を差しだした。

「無理を重ねたらどうなるかな？」

「うちには訳ありの子ばかりだ。覚えている？」

直太朗に確かめるように問われ、俊介は肯定するように頷いた。

「……うん。覚えている」

ほかの施設で受け入れられなかった子供やほかの施設から追いだされた子供などを、グリーンホームは受け入れ、深い愛で養育していた。

「この双子ちゃんも訳あり」

「どんな訳あり？　外国人……西欧人かな？　ラテン系の血が混じっている子かな？」

真っ白な肌に琥珀《こはく》色の髪と瞳、彫りの深い顔立ち、俊介はラファエロが描いた天使のような赤ん坊を凝視した。

「神の子、って母親が言い張っている」

直太朗は暗鬱《あんうつ》な面持ちで双子の実母が入院中であることを語った。差しだされたタブレットには、双子に関する情報がインプットされている。実母は北欧の血を引く美女で未婚。

「……か、神の子？」

俊介の頬はヒクヒク引き攣《つ》って止まらなかった。双子はどちらも天使に加護されていない。だからといって、悪魔も取り憑《つ》いていない。単なる人間の赤ん坊だ。……たぶん。

……断言できないけれども。

「誰もそんなことは信じていない。僕も信じていないけど、いろいろ……本当にいろいろと変なことが起こるんだ」

「具体的には？」

生後間もない我が子の乱行《らんぎょう》を少しでも思いだせば、俊介は何を聞いても驚かない自信がある。

「双子に意地悪した子供が泣きだす。双子を乱暴に扱ったスタッフが倒れる。双子を罵《のの》ったり、双子の母親を罵ったりした人が怪我する」

それぐらい、と俊介は喉まで出かかったがすんでのところで思い留まった。何かの規準が狂っていることに気づく。

「単なる偶然？」

「偶然で片づけるにはあまりにも多いらしい。施設をたらい回しにされて、うちにやってきて……五分でしっくり馴染んだ。子供たちは歓迎したし、僕も……」

　再度、直太朗は大きな生欠伸。

　バタバタバタバタバタッ、と背中の赤ん坊が手足を動かさなければ寝落ちしそうだ。

「スタッフを増やそう」

　前園長の実母は今も入院中だ。

「僕、信頼できるスタッフを見つける自信がない」

　直太朗の懸念は確かめなくてもわかっている。俊介も大々的にスタッフを募集する気はない。

「……うん、とりあえず……何があっても、僕は必ずグリーンホームを守る。子供たちの笑顔を守り抜く」

　俊介は真摯な目で宣言した後、一呼吸置いてからトーンを落とした声で言った。

「……ただ、僕にできることは資金的な援助のみだ。そして八雲家の資金には限りがあることを覚えていてほしい」

サタンの仕業《しわざ》だったが、八雲家の資産が凍結されたショックは鮮明だ。人間界では金がないと何もできない。

アスタロトも気づいていたはずなのに、と俊介の深淵《しんえん》には愛しい夫に対する鬱憤《うっぷん》が燻《くすぶ》っている。

「わかっている。八雲家の援助に頼るだけだったから自転車操業に陥った。痛恨の極《きわ》み」

世間知らずの母親が騙され、借金に借金を重ねていた。直太朗が気づいた時、取り返しのつかない事態に追いこまれていたのだ。

「信じていた人に裏切られる……あ、おしゃぶり外した」

ちゅぱっ、と腕の赤ん坊は自分の指でおしゃぶりを取った。ぽ〜ん、と勢いよく放り投げる。

「ばぶっ、ばぶばぶばぶばぶっ」

顔を真っ赤にして、手や足をバタバタ。

「どうしたのかな?」

「ばぶーっ、ばぶーっ、ぶぶぶぶぶっ」

薄い茶色というか、金色というか、琥珀色というか、色素の薄い瞳は窓の外を見つめている。

「……あ、白い鳥さんがいるね」

窓の外、菩提樹《ぼだいじゅ》の枝に白い鳥が止まっていた。

「ぶぶぶぶぶぶぶーっ」

「白い鳥さんが好きなのかな？」

「ばぶっ、ばぶばぶっ、ぶぶぶぶぶーっ」

チビタと違ってあちこち飛ばないから楽、と俊介はのんびり眺めてしまうが、直太朗に声をかけられた。

「……で、俊介くん、時間がないから、このまま聞いてほしい」

「うん」

「八雲家の援助に頼るだけじゃない、グリーンホームでもある程度の収入を得られるようにしたい」

直太朗くんの決意表明？

心意気は立派だけど、と俊介は胸騒ぎがした。

「仮想通貨や暗号資産に手を出すのはやめてほしい」

政治資金を少しでも作ろうと、胡散臭い団体からの寄付金を注ぎこみ、跡形もなく溶かした政治家の話は枚挙《まいきょ》に暇《いとま》がない。

「さすが、八雲家の御子息、僕はそんなことは思いつきもしなかった。教会を一般にも広く開放して、いろいろな催《もよお》しをして、寄付を募《つの》ろうと考えている」

音楽会、発表会、舞台、バザー、教会美術を楽しむ会など、直太朗が計画した催しが渡されたチラシの裏にペンで綴《つづ》られている。明日、ちょうどミサと企画が予定されていた。

「……あぁ、そういうことか……あ、あれ？　今までも教会は開放していたよな？」

父親同士に隙間風が吹く前、俊介は教会のミサに参加した記憶がある。参列者には仏教徒やヒンズー教徒もいた。

「ミサをしてもうちの子たちだけ……借金取りが押しかけるようになったらミサもできなくなって……心を入れ替えて、死に物狂いで頑張る」

「それ以上、無理しなくてもいい」

俊介と直太朗は目を合わせると、どちらからともなく笑った。双子の赤ん坊も可愛い声を上げる。

……あ、僕、こんなことをしていていいのかな？

アスタロトといたら妬《や》くのにどうして妬かない？

かっくんたちと一緒に遊んで……暴れ回っているから？

それにしてはおとなしい、と俊介は今さらながらにワガママ大魔王が気になった。子供列車のメンバーの中に、小学六年生のしっかりした男の子も混ざっていたから安心していたのだが。

「……あ、チビタは何をしているのかな？」

「かっくんと一緒に遊んでいるんじゃないのかな？」

「チビタとかっくんがいるのに静かすぎないか？」

「いくらチビタとかっくんでも、ずっと大声を出して暴れ回ることはできないよ」

多くの子供たちの面倒見ている牧師の言葉は重い。

「女の子たちは絵本？」

絵本に飽きて乗りこんでくると予想していたが、その気配はない。図書室のほうは静まり返っている。

「俊介くん、たくさん絵本をありがとう。みんな、喜んでいる。字を教えなくても自然に覚えた子もいる。星座は僕より詳しくなった」

「子供の頃、僕が好きだった絵本だ」

「僕も好きだった」

お互い、好きな絵本はだいたい同じ。時代が変わっても、子供心に響く絵本は変わらないのかもしれない。

ふっ、と俊介の脳裏に絵本を眺めるやんちゃ坊主が浮かんだ。

「……あ、ひょっとして、チビタとかっくんも絵本でも見ているのかな？」

俊介が声を弾ませると、直太朗は遠い星を見つめるような目でポツリ。

「……だといいね」

直太朗の表情を目の当たりにして、俊介は愛息の誕生から今日までの大騒動に思いを馳《は》せる。

……いや、生後三日のあれこれを思いだした時点で、グレートピレニーズを先頭にしたわんわん部隊が飛び込んできた。

「ワンワンワンワン」

何を言っているのかわからないけれど、俊介にはなんとなくわかる。

異常事態、発生。

「……ぼ、僕が甘かった」

教会の屋根で仁王立ちしているジュニアとかっくんを見上げ、俊介は自分の甘さを痛感した。

僕は絵本があれば楽しかったけど。

うちの子に限って、絵本は……あぁ、僕が甘かった、と俊介は肩を落としたままではいられない。

「チビタ、かっくん、下りてきなさいーっ」

俊介が赤ん坊を抱いたまま叫ぶと、直太朗も赤ん坊を背負って声を張り上げた。

「チビタ、かっくん、飛び降りちゃ駄目だよ」

ワンワンワンワンワン、とグレートピレニーズやセントバーナードなど、純血種がいっせいに吠える。

「チビタ、かっくんのママ」

「かっくん、ママはお空の上」

やんちゃ坊主は目的があって屋根に登ったようだが、今、そういうことには構っていられない。

「チビタ、おやつを食べよう。下りておいで」

アスタロトによって、ジュニアが人間界に移動すれば魔力が封印されるようになっている。人間界では単なる子供だ。

「ママ、ママのおっぱい」

チビタは真っ白な雲を小さな指で差す。

「チビタ、下りておいで。みんな、待っているよ」

「ママ、おっちゃん」

「チビタ、もしかして、下りることができないのか？」

「ママ、おっちゃん、いる」

チビタの小さな指先が差す先には白い鳥。

心地よい風とともに白い鳥が俊介に向かって飛んできた。人慣れしているらしく、まったく怖がっていない。つい先ほど、赤ん坊がきっかけで園長室の窓から見た白い鳥だ。

けれども、俊介は白い鳥に構っていられない。

「チビタ、ママのところにおいで」

「ママはチビタの嫁」

チビタが無邪気な笑顔で言うや否や、教会は深い霧に包まれた。正確にはグレーのオーラだ。

霧が晴れると、地面にはジュニアとかっくん、七大悪魔のひとりであるベルフェゴールがいた。

すぐ、チビタとベルフェゴールは恒例のごっつんこのご挨拶。

「……チビベル？」

俊介が呆然としている間に、ベルフェゴールはかっくんとごっつんこのご挨拶。

「チビベル、チビベルだ。チビベルも来た」

「チビベル、待ったよ。どちてもっと早く」

施設の子供たちはチビベルを見つけると、嬉しそうに駆け寄る。あっという間に、ごっつんこ大会だ。

「……チビタ、自分で下りることができなくなって、チビベルに助けてもらったのかな？」

俊介が独り言のようにポツリと零すと、腕の赤ん坊が楽しそうに雄叫《おたけ》びを上げた。

「通報しなくてもすんだ」

直太朗はスマートフォンを手に安堵の息を吐いている。どうして、ベルフェゴールがいきなり現われたのか、疑問に思わないようだ。……その余裕もないのか。なんにせよ、直太朗にのんびりしている時間はない。

これ以上、チビタとチビベルがいたら迷惑をかける、と俊介は心を鬼にして言った。

「チビタ、帰るよ」

「めーっ」

天上天下唯我独尊小悪魔の一言で決まった。

本日、グリーンホームに宿泊決定。

ワガママ大魔王が豪快な鼾《いびき》をかくまで、俊介の気が休まらなかったのは言うまでもない。

3

翌朝、俊介はジュニアがベッドから落ちた音で目覚めた。ドスンッ、と。

「……ひっ？」

慌てて起きれば、左隣に寝ていたはずのジュニアがいない。右隣のベルフェゴールも目覚め、もぞもぞと眠そうに目を擦っている。

「チビタ？」

床では大公爵の跡取り息子が突っ伏していた。

「……ママ……むにゃ、ママのおっぱい、お空」

「チビタ、どんな夢を見ているのかな？」

「……ママ？」

俊介がジュニアを抱き上げると、父から受け継いだ紫色の目がぱちり。

「チビタ、おはよう」

「ママ、ママ、ママ～っ」

チュッチュッチュッチュッ、とジュニアは俊介の唇にキスを連発した。最高に幸せな時間。

けれど、ベルフェゴールがかけ布団を掴んで羨ましそうに眺めている。

「チビベル、ごっつんこ」

ジュニアはベッドの弟分に気づくと、俊介の腕から飛び降りた。

恒例のごっつんこの挨拶をした後、ジュニアはベルフェゴールに向かってゲンコツで力説しだした。

「チビベル、チビタの弟、弟」

「ふっ、チビベル、チビタの弟」

「チビベル、チビベルママにチュッチュッ」

「……チビベル……ママ……チビベルのママ……」

「チビベル、チビタの弟。チビベルママにチュウ」

「……ん」

何を言っているのかわからないが、俊介にはなんとなくわかる。

チビタの熱血指導だ。

チビベル、チビタみたいに飛びついてキスすればいい。

レミエルだって拒《こば》みはしないはず。

あのレミエルも以前に比べたら少しは……少しは……少しは、と俊介は頑《かたく》なななベルフェゴールの実母を眼底に再現した。

ベルフェゴールの父親はサタン、母親は御前の天使だったレミエルだ。サタンとの戦いに敗れて愛人にさせられた挙げ句、妊娠して、最後の力を振り絞って出産を拒んでいた。天界のガブリエルの力も借りた出産でも一騒動。

「チビベル、チビタの言う通りだ。ママに会ったら飛びついてキスしてごらん。照れていやがるかもしれないけど、しがみついて離れないこと」

焦《じ》れったくなって、俊介も口を挟んだ。

「……ママ……チビベルのママ……めっ……」

ベルフェゴールが目をうるうるさせて明かすと、ジュニアはゲンコツをさらに激しく振り回してから、母に飛びついてキスするジェスチャーした。ギシギシギシッ、と部屋全体が軋む。

このままではチビベルがレミエルにキスする前に洋館が倒壊する、と俊介は内心の動揺を隠しながらベルフェゴールを鼓《こ》舞《ぶ》した。

「チビベルのママがめっ、て言ってもスルー。チビタの弟ならいいね。やってごらん」

「……ふっ」

「チビベル、いい子だね」

頭を優しく撫でると、ベルフェゴールは恥ずかしそうにはにかんだ。俊介が知る限り、ジュニアがこういう表情を浮かべたことは一度もない。

うがいをするにしても、顔を洗うにしても、暴れるジュニアと違う。

俊介がベルフェゴールに感心していると、グレートピレニーズに乗ったかっくんが現われた。

「チビタ、チビベル、おあよーっ」

「ふんっ、かっくん、おはよーっ」

ジュニアはセントバーナードのヨーゼフを見つけると、物凄い勢いで飛び乗る。やんちゃ坊主キングコンビに急かされ、ベルフェゴールはゴールデンレトリーバーに。

「ふっ、かっくん、おはよ」

三人が大型犬に乗って、競争するように走りだしたら、どこからともなく直太朗の声が響いてきた。

「朝ご飯だよ。かけっこはやめて朝ご飯を食べよう。かっくん、どこにいるのかな？　朝ご飯を食べてからーっ」

　直太朗が言い終える前に、俊介の前から三人を乗せた大型犬は走り去っていた。誰一人として見向きもしない。

「……うわ、直太朗くん、ごめん。かっくんとチビタとチビベルが犬に乗って行っちゃった」

「俊介くん、追いかけて。今日、ミサと催しがあるんだ」

「……あ……チビタ、待ちなさいーっ」

　俊介が慌てて走りだそうとした瞬間、いつになく闘志を滾《たぎ》らせたハスキー犬に行く手を阻まれた。

　乗れよ、とハスキー犬は言っているような気がする。

「……も、もしかして、僕を乗せる気……乗せようとしているのかな？」

　俊介が真顔で聞くと、ハスキー犬は尻尾を振った。

「ワンっ」

　ハスキー犬の目がキラキラ。

「……ありがとう。気持ちだけ、受け取っておくよ」

　俊介はハスキー犬を優しく撫でてから、長い廊下を走りだした。けれど、廊下を曲がってもいない。ハスキー犬も騎士のような顔でついてくる。

「チビタ、チビベル、かっくん、朝ご飯だよ。……あ、ヨーゼフ、ヨーゼフ、どこにいるのかなーっ？」

子供より犬に頼ったほうがいいかもしれない。トイプードルやチワワ、ポメラニアンも近寄ってきたので、俊介は真剣に頼んだ。

「見つけてくれ」

切羽詰まった思いが通じたのか、犬のほうが賢いのか、ハスキー犬やトイプードルたちが軽やかに走りだす。

「……そ、そっち？　食堂と反対の方向？　洗濯機があるほう？」

チビタとかっくんの雄叫びが聞こえたから勢いこんだ。ここで捕獲できなかったらアウト。

犬のサポートで三人を無事に捕獲し、小学校五年生の男女のサポートで朝食を摂らせる。

もっとも、三人とも食後はもやしのスープやヨーグルトなど、顔や髪にべったり張りついている。

「チビタ、チビベルの顔をペロペロしない。かっくん、チビタの顔をペロペロしない。チビベル、チビタの顔を拭いてくれてありがとう」

チビタやチビベル、かっくんの顔や髪を拭いた後、俊介はほっと胸を撫で下ろした。空気を読んでいたらしく、みっちゃんやなっちゃんなど、おしゃまな女児がとてとてとやってくる。

「チビタママ、モグモグちて」

みっちゃんに朝食が載ったトレーを差しだされ、俊介は初めて何も食べていないことに気づいた。なっちゃんの小さな手には温かい紅茶だ。

「ありがとう」

女の子は優しい、と俊介が胸底で感心しながらもやしのスープを口にすると、みっちゃんたちがチビタやチビベル、かっくんとともに賛美歌を歌いだした。

チビタの音痴っぷりが冴え渡る。

かっくんは意外なくらい歌が上手い。

チビベルは恥ずかしそうに俯《うつむ》いてもじもじ。

「チビベル、歌ってよ」

なっちゃんに手を握られてぶんぶん振られ、ベルフェゴールは顔を真っ赤にして俯いた。

「……ふっ……」

「チビベル、一緒にお歌ちたいの」

「……ふっ……ふん……」

チビベル、泣きそうだ、と俊介が泣き虫大魔王の涙腺崩壊に慌てた瞬間、ワガママ大魔王が兄貴風を吹かせた。

「なっちゃん、チビベル、チビタの弟。歌う」

ジュニアが真っ赤な顔で力《りき》むと、なっちゃんはコクリと頷いた。

「チビベルはチビタの弟。一緒に歌うよね」

「……うん」

チビベルは目をうるうるさせながらも、透き通るような声で歌った。ブラボー、と叫びたくなるぐらい上手い。

天使の歌声。

チビベルはウィーン少年合唱団も夢じゃない、と俊介はおからパンを手にしたまま聞き惚れた。

けれども、チビタが歌詞を間違える。元々、覚えていないようだ。ほとんど『ママのおっぱい』だが、堂々と胸を張って歌い続ける。

チビタ、賛美歌の旋律《せんりつ》でそれはない。

どうして『麗《うるわ》しの白百合』が『ママのおっぱい』になる？

止めたいけれど、ほかの子供たちが必死に歌っているから止められない。

みっちゃんやなっちゃん、チビタを止めてくれないのか？

……ん、チビタにはリズム感も音感もないのかな？

チビタにはどう考えても音楽の才能はない、と俊介は胸中でジャッジを下した。カラオケでも恥をかくレベル。

誰の血だ、と俊介が自分の音楽の成績を思いだした時、牧師姿の直太朗に棚の陰から手招きされた。

子供たちに聞かせたくない話かもしれない。

俊介は朝食を食べ終えると、さりげなく食堂を後にした。ジュニアは世界的な大歌手のように、陶酔《とうすい》して歌っているから最愛の母が消えたことに気づかない。

パタン、とドアを閉めてふたりきりになった瞬間。

「俊介くん、ヤバい」

直太朗に耳元で囁くように言われ、俊介は確かめるように聞いた。

「直太朗くん、声がちょっと違う？」

「……うん、今までの経験上、ミサまでは保《も》つ。ミサの後、予定通り『日常で神様の愛を知る』を進行したら、喉を潰して寝こむと思う」

僕はいつも喉からやられるんだ、と直太朗は懊悩《おうのう》に満ちた顔で続けた。今、園長が倒れたらグリーンホームは回らない。

「ミサ、誰か代わりの牧師さんに頼むとかできないのかな？」

「俊介くん、代わりにミサをしてくれる？」

追い詰められているらしく、直太朗は悽愴《せいそう》な顔つきで禁じ手を口にした。

「僕には無理だ」

「うん、それはわかっているから、ミサの後は俊介くんにお願いする。今、ここで僕が寝こんだら詰む」

「ミサの後？　……園長の代わりに僕が何をするのかな？」

グリーンホームの存続のため、直太朗がいろいろ企画しているのは聞いた。俊介も楽しみにしていたのだ。

「教会を身近に感じてほしくて開催する会だ。子供会みたいなもの」

「……だから、何を？『日常で神様の愛を知る』って何？」

「そのまま。神様の愛をわかりやすく説いてくれたらいい」

牧師は何でもないことのように言ったが、俊介は首と手を小刻みに振った。

「……無理」

「……確かに、今回のテーマはミサと重なる……じゃあ、急遽変更で『イエス時代のローマ帝国』でも『ミケランジェロの祭壇画』でも『ピエタについて』でも『イエス像の変《へん》遷《せん》』でも『各国の復活祭のお菓子』でも『最後の晩餐《ばんさん》メニュー』でも……」

直太朗をさっさと止めないと、痛めた喉でテーマを言い続けそうだ。

「直太朗くん、無理に話すな。すべて僕にはハードルが高い」

「テーマは俊介くんに任せる。俊介くんの叔父さんが集めてくれた参加者が多いから『八雲家当主による日本国憲法』でも『日本を救う税制改革』でもいいと思う」

「断わる」

俊介が固い顔で言うと、直太朗はにっこりと微笑んだ。

「……ミサの時間だ。テーマは任せた。頼んだよ」

慌てて直太朗を引き留めようとしたら、ジュニアの声が響いてきた。

『ママ、ママ、チビタママ、かくれんぼーっ』

『チビタママ、教会、行くーっ』

子供たちに呼ばれたら、ぐずぐずしていられない。何せ、甘ったれ大魔王が何をするか、わからないからだ。

俊介は内心の動揺を悟られないように、愛し子に向かって急いだ。

直太朗が牧師として祭壇に立つ姿は光り輝いていた。肩にいる小さな天使も満足そうに純粋な光りを放出している。

直太朗くん、やっぱりすごい。

さすが大天使ガブリエルに守られている牧師だ、と俊介は改めて直太朗を尊敬したが、ミサの後のことを考えると頭が痛い。

秘書時代のツテを使えば今からでも誰かに頼める……いや、危険だ。

僕がやるしかないけど、僕に神の話は無理だ。

家族の話……お父さんの不倫相手に家族が殺された事件は知られているからやめたほうがいい。

グリーンホームの創設者とお祖父さんの話でもすればいいのか？

……あ、下手に首相経験者のお祖父さんの話を出したら、また僕に出馬要請があるかもしれない。

いっそのこと大きなモニター画面にイエス・キリストの映画でも流すか、と俊介は自棄《やけ》になった。

けれども、おちおち自棄になってもいられない。

何しろ、魔界の大公爵の跡取り息子と七大悪魔のベルフェゴールが、施設の子供たちで結成された賛美歌隊に入っていたからだ。賛美歌隊の衣裳姿で揚々と進むジュニアやベルフェゴールに参拝者は目を細めている。

だが、俊介から血の気が引いた。

チビタ、神聖な教会内であれはやめてくれ。

頼む、頼むからやめてくれ。

チビベル……は無理だ、チビタを止められない。

みっちゃん、なっちゃんたち、チビタが『ママのおっぱい』で歌わないように止めて。

アスタロト、何をしている？

一人息子の乱行を止めるのは父親の役目だぞ、と俊介が全身全霊を注いで魔界の大公爵に救いを求めた。

届いたのか、届かないのか、定かではないが、なんの問題もなく、賛美歌隊による賛美歌が教会内に響き渡る。俊介が危惧していたセクハラ大魔王の替え歌も聞こえない。

チビタの隣にいるみっちゃんが止めてくれたのかな?

チビベルは恥ずかしそうに歌っている。

ふたりとも天使みたいに可愛いけれど、悪魔……今さらだけど、いいのかな?

チビタとチビベルが加護を与えた教会っていうかグリーンホームで、ガブリエルが加護を与えた牧師のミサ……どうなっているんだろう?

ここは特別なのかな、と俊介は教会内を改めて見回した。

アスタロトの使い魔やベリアルの使い魔が取り憑いている中年男性はいるが、天使に守られた母子が多い。どちらもついていない母子も目についた。

どちらにせよ、俊介は視えるようになっただけ。

なんの手も打てないし、そんな場合でもない。

賛美歌隊による賛美歌に大きな拍手。

ガブリエルに守られている母親と娘は感動したらしく涙ぐんでいた。ほかにも、目頭《めがしら》をハンカチで押さえている人が多い。どうやら、純粋な子供たちの賛美歌は多くの人の心を打ったようだ。

……よかったよ。

みんな、よく頑張ったね、と俊介も心からの拍手で称賛した。

結局、企画のテーマが決まらないのにミサが終わってしまう。

俊介は腹を括《くく》り、テーマを『僕の留学時代』に決める。友人たちと教会に行った思い出を語ろうとした。……ものの、メンバーの父親が大統領補佐官になっていることを思いだしてやめた。

どうしよう、と俊介は思案に暮れる。

それ故、悪魔の使い魔が取り憑いた参拝者たち、つまり与党関係者に囲まれたことに気づかなかった。

「八雲俊介くん、八雲荘介《そうすけ》先生の息子さんですね？　荘介先生には大変お世話になりました。私は荘介先生にいただいたお言葉を今も守っています」

メタボ体型の二世議員に声をかけられ、俊介は自分を取り戻した。

「八雲俊介です。父の生前中、ご高配《こうはい》を賜《たまわ》り感謝します」

政治資金に困っているのか、と俊介は瞬時に悟った。首相まで上り詰めた祖父の名と八雲家の資金は喉から手が出るほど欲しいはず。

「八雲家縁《ゆかり》の施設の援助のため、馳《は》せ参じました。なんなりとお申し付けください。これでも各所に顔が利きます」

「ありがとうございます。それは園長に直《じか》に申し入れてください」

俊介は尚もしつこく縋りつこうとする二世議員を振り切り、返り咲きを狙う元幹事長も躱《かわ》し、奥の控え室のような部屋に逃げるように飛びこんだ。

すでに牧師も賛美歌隊もいない。

企画がある部屋に進もうとした矢先、赤いオーラが壁から漏れてきた。七大悪魔のひとりであるベリアル出現の狼煙《のろし》だ。

「……こんな時に？　ベリアル、なんの用だ？」

俊介は身構えたが、音もなく登場したのはレミエルだった。赤いオーラも消えるし、ベリアルは現われない。

「……レミエル？」

本物か？

ベリアルが化けたレミエルかもしれない、と俊介は注意深く清冽《せいれつ》な美貌を見つめた。いつもと違って品のいい白のスーツを身につけているが、意外なくらいしっくり馴染《なじ》んでいる。ただ、麗しすぎるだけ。

「天使長を裏切った者、未だ悔い改めぬのか？」

容赦ない第一声で本物認定した。

「レミエル、どうしてこんなところに？」

「魔物の子、ベルフェゴールを捕獲した」

レミエル曰《いわ》く『魔物の子』は魔界の大公爵の跡取り息子だ。自分が産み落としたベルフェゴールまで『魔物の子』と呼んでいた。

「もうちょっと言い様があるだろう。相変わらず、ひどい」

「そなた、まだ改心せぬのか？」

レミエルは天使長の手を拒んだ俊介も激しく糾弾《きゅうだん》する。もっとも、俊介は動じたりはしない。

「くだらない。今、大変なんだ。邪魔しないでくれ」

俊介が思いきり睨みつけると、レミエルは筆で描いたような眉を顰《しか》めた。

「……くだらない？」

「もうレミエルは御前の天使じゃない。辛いだろうけど現実を見て、チビベルと幸せに生きるしかない」

「そなた、魔物に汚され……」

レミエルの言葉を聞く気にもなれず、俊介は険《けわ》しい形相《ぎょうそう》で遮った。

「……あ、けど、チビベルを心配してこんなところまで来たんだよな？　ベリアルに頼んで飛ばしてもらった？」

魔王に征服された時点で、レミエルは天使としての力を失った。本人の意思で人間界には移動できない。

「魔物の子が害を及ぼしてはならぬ故」

レミエルの態度は今までと同じように取り付く島もない。けれど、今までとは違う。どこがどうとは言えないけれど。

はっ、と俊介は気づいて勢いこんだ。

「チビベルを心配して迎えに来たんだろう。チビベルママ、いいところあるな。見直した」

パンパンッ、と知らず識らずのうちに細い肩を叩く。母を切望するベルフェゴールを知っているだけに嬉しい。

「そなた、控えよ」

「レミエル、冷たいふりしても無駄」

あの天使長に見込まれて取り立てられたんだから本当は生真面目で熱いタイプじゃないのかな、と俊介は勝手にいいように解釈した。

「そなた、魂まで大公爵に侵食されたのか」

もはや、レミエルの嫌《いや》みは俊介の耳に入らない。小学五年生の女の子が心配そうに呼びに来たからタイムアウト。

その瞬間、俊介の前に光明が差し込んだ。

「レミエル、元御前の天使なら神の愛を説けるか？　初心者にもわかりやすく優しくレクチャーできる？」

「神の愛は偉大なり」

神を疑うなかれ、とレミエルは清楚な美貌を輝かせて続けた。意に染まぬ妊娠と出産により、神の無慈悲を嘆いていたのに。

「それ、もうちょっと具体的にわかりやすく優しく……ガブリエルの加護を受けた牧師のピンチだ。助けてくれ」

「……天界における学びの間のようなものか？」

上級天使が下級天使に講義することもあるらしい。昇天した人間を導くのも仕事のうち。

「……それをさらにわかりやすく簡単に。チビタやチビベルにも理解できるように説明してほしい」

バッ、とレミエルの華奢《きゃしゃ》な腕を力任せに掴み、俊介は企画を予定している部屋に引っ張って行った。

まず、居並ぶ面々はレミエルの際立つ美貌に度肝《どぎも》を抜かれる。口をポカンと開けたまま固まっているのは、入閣入りを狙っている代議士と人権派で有名な弁護士だ。元八雲荘介事務所のスタッフも見惚れている。

俊介が目で合図をすれば、直太朗には説明しなくとも伝わる。差し障《さわ》りのない紹介がされた。

「私はレミエル、神に仕える者。この身はどのように汚されても心までは汚されぬ」

レミエルの挨拶に参加者は顎《あご》を外しかける。

だが、一気に引きこまれたようだ。

「神は人の目に見えぬ。疑うことは容易《たやす》く、信じることは難しいが、日々、大地を太陽で照らすのも、雨で濡らすのも神なり。そなたの日々に神はいる。そのこと、忘れるなかれ」

……うわ、さすがというか、意外というか、上手い。

ミサの説教みたいだけど……あ、段々ソフトになってきた……面白い。

天から見たイエス・キリストに悪魔から見たイエス・キリストの話は……それ、実話だよな？

悪魔から見た前回のオリンピックもサミットも実話だよな？

レミエル、すごい、と俊介はレミエルの堂々とした講師ぶりに感心した。

子供もいるが、退屈している様子はない。足をぴっちり合わせ、真剣な目でレミエルの話を聞いている。

企画が終了した時、参加者は興奮していた。

寄付金箱代わりの籠《かご》に大量の万札が投げこまれ、大成功の幕を閉じる。無事に参加者を送りだした後、直太朗くんは痛めた喉で驚嘆の声を上げた。

「……うわ……こんなに……これでおからともやし以外の食材が買える。レミエルさん、ありがとうございました」

直太朗が深々と腰を折ると、レミエルは綺麗な目を曇らせた。

「よき牧師、無理をするでない。喉を大切に」

「……ありがとう。俊介くんが選んだ人に間違いはない」

「……選んだ?」

「俊介くんが頼んだから助けに来てくれたんでしょう?」

直太朗が感謝の目を向けた時、施設の子供たちが雪崩《なだれ》のように押し寄せてきた。参加者を無事に送りだすまで、別室で待機させていたのだ。

「チビベルのママ、チビベルのママ～っ」

「チビベルのママ?　綺麗でち」

「チビベルのママ、お姫たま？」

小さな子供たちがわらわらとレミエルを取り囲む。小さな手でむんずっ、とスーツの裾を掴む。

うわ、レミエル、怒らないでくれ、と俊介は慌てて子供たちを止めようとした矢先。

「神の愛を忘れてはならぬ」

レミエルは子供たちを咎《とが》めるどころか、ひとりずつ優しく頭を撫でだした。

「ふんっ」

「悪徳の栄えを支持してはならぬ」

「あい」

「悪を愛してはならぬ」

「あいっ」

……あ、あれ？

……あれは僕が知っているレミエルかな、と俊介が惚けた面持ちで立ち尽くしていると、直太朗は感心したように息を吐いた。

「俊介くん、素晴しい人を紹介してくれてありがとう」

「……あ、あの……その……」

「……ん……ま、まぁ……そうかな……」

レミエルは近寄りがたいタイプだろう、と俊介は胸中で呟いた。

「……あれ？　レミエルさんはチビベルのママなのか？」

直太朗はレミエルの上着の裾を恐る恐る掴んだベルフェゴールに視線を止めた。ジュニアとかっくんに後押しされ、ベルフェゴールも勇気を振り絞って最愛の母に突撃したようだ。

「……ママ……チビベルのママ……」

ベルフェゴールがうるうるの目で見上げると、レミエルは哀愁を含んだ双眸《そうぼう》で言った。

「我を母と呼ぶなら、悪徳に染まるなかれ」

「ふっ、チビベルはママの子」

ぎゅっ、とベルフェゴールがしがみつく。

「今だっ」

ジュニアとかっくんは同時にファイティングポーズ。

それでも、ベルフェゴールは最愛の母にキスできない。ありったけの勇気を振り絞っても精一杯なのだ。

「優しい人だね」

「野心に身を滅ぼすなかれ」

レミエルの表情は変わらないが、優しい手つきでベルフェゴールを抱き上げた。

俊介の胸が高鳴り、無意識のうちに隣に立つ直太朗の腕を掴む。やんちゃ坊主コンビが鼓舞するようにジャンプ。

「チビベルママ、チビベルはママの子」

「今日の糧《かて》をいただける幸福に感謝せよ」

レミエルの教えにベルフェゴールは素直に頷いた。周りの子供たちもいっせいにコクリ。

「毎日、モグモグできるからうれちい」

ツインテールの女児が言うと、ほかの子供たちも納得したようにコクコク。

レミエルの言葉は日々、直太朗が口にしている言葉。

「俊介くん、レミエルさんをグリーンホームにスカウトしてほしい」

直太朗に血走った目で頼まれ、俊介は言葉に詰まった。

もっとも、やんちゃ坊主キングが揃っていたらのんびりしている余裕はない。部屋に迷いこんできた白い鳥を追いかけて大騒動。

「おっちゃん、めっめっめっめっめっめっめー っ」

チビタはスリッパで白い鳥を狙う。

「鳥だ。とりーっ。やきとり。唐揚げーっ」

かっくんはフォークで白い鳥を狙う。

「チビタ、かっくん、鳥さんをいじめてはいけませんーっ」

直太朗は痛めた喉で叫ぶ。

キングやんちゃ坊主コンビと白い鳥の攻防戦でせっかくの場面も木《こ》っ端微塵《ぱみじん》。

それでも、俊介の心は軽くなっていた。

ほかでもない、レミエルのベルフェゴールへの愛を感じて。


一日の幕はまだ下りない。

揺り籠の赤ん坊が泣きじゃくるから、俊介と直太朗はひとりずつ背負った。ジュニアは妬いたりせず、かっくんたちと走り回っている。……が、何を思ったのか、突然、人間ピラミッド。

「ママ〜っ」

ジュニアが一番上でポーズを取る。

「チビタ、危ない」

血相《けっそう》を変えたのは俊介だけ。

「ふんっ」

ジュニアは頂上から勢いよく飛び降りる。

子供たちは輪になってぐるぐる回った後、また人間ピラミッドにチャレンジ。

次、かっくんが一番上だ。

俊介はひやひやしているが、レミエルは女児たちに囲まれ、穏やかな声で絵本を読んでいる。

「俊介くん、こっちをお願い」

直太朗に当然のように穴の空いた小さな靴下を渡され、俊介は裁縫道具の前で固まった。

もっとも、背中の赤ん坊のバタバタで我に返る。

「……ど、どういう意味？」

「……え？　……あぁ、お坊ちゃま。靴下は一回穿《は》いたぐらいで捨てません。穴が空いても繕《つくろ》って穿きます」

「……つまり、僕に縫《ぬ》えと？」

「手が空いているでしょう」

チクチクチク、と直太朗は穴の空いた靴下を器用に繕いながらレミエルに視線を流した。

「レミエルさんと話し合いたいけれど、無理そうだな」

直太朗はその時を虎視眈々《こしたんたん》と狙っているようだ。

「直太朗くん、針と糸の準備をしてほしい」

「準備はしている」

「針に糸を通してほしい」

「もしかして、初めて？」

「家庭科の授業ぶり」

俊介が正直に明かすと、直太朗は苦笑を漏らしながら針に糸を通した。人間ピラミッドの頂点がかっくんからベルフェゴールに代わる。

ジュニアが兄貴風を吹かし、ベルフェゴールにエールを送ったようだ。人間ピラミッドの頂点でベルフェゴールはポーズを取った。

「……ママ」

ベルフェゴールが勇気を振り絞って呼ぶと、レミエルは絵本を読みながら視線を流した。

驚愕したらしく、レミエルが目を瞠る。

「チビベルのママ」

再度、ベルフェゴールが呼ぶと、レミエルは諭《さと》すように言った。

「我を母と呼ぶならば怪我をするでない。よき友に怪我をさせてもいけない」

「ふっ」

ベルフェゴールはコクリと頷くと、慎重に人間ピラミッドの頂点から下りる。ジュニアに匹敵するぐらい身体能力は高いのに飛び降りなかった。

レミエルの双眸がこの上なく優しい。周りの女児たちも楽しそうに笑っている。レトロな暖炉《だんろ》がある部屋は、言葉では表現できない優しい空気が流れていた。チクチクチクチク、と直太朗は周りの子供の相手をしながら二足目の靴下を繕い終える。小学六年生と五年生の女の子も直太朗に倣《なら》って、小さな靴下の穴を繕っていた。

俊介は小さな靴下の穴を凝視する。

靴下ぐらい買えばいいのに……って言っちゃ駄目だ。

チビベルも頑張った。

レミエルも変わった。

僕も変わろう、と俊介は意を決し、穴の空いた靴下に挑む。糸を通してもらった針で靴下を刺した。

ブスリ。

「……あ……」

針が指に突き刺さった。

俊介は口を開けたまま、たらりと流れる血に茫然自失。

「ママーっ」

ジュニアは真っ先に泣きながら飛びついていた。

「チビタママっ」

「チビタママ、チビタママ、チビタママ、血ーっ」

ベルフェゴールやかっくん、人間ピラミッドの男児だけでなく、レミエルを囲んでいた女の子たちも泣きじゃくる。

一瞬にして、優しい世界が崩壊。

「チビタママ、チビタママ、いやーっ」

「チビタママ、お空に行っちゃ駄目ーっ」

「お坊ちゃま、ごめん。僕が悪かった。お坊ちゃまに針仕事は無理だ」

直太朗にゾンビ顔で詫びられ、レミエルに冷厳《れいげん》な態度でスルーされ、俊介は二度と針を持たないと決めた。

やはり、慣れないことはしないほうがいい。

ようやく落ち着いた頃、直太朗に星座の絵本を渡された。俊介が寄付した絵本だが、子供たちに大人気だという。背負っていた赤ん坊は揺り籠でおねんね中。

「俊介くん、絵本でも読んであげて」

俊介が星座の絵本を開くと、みっちゃんが目に星を浮かべながら誕生日を言った。その意味に俊介も気づく。

「みっちゃんは双子座だね」

双子座のページをめくると、みっちゃんの目の星が二倍になった。

「どんなおはなち？」

絵本には星座に纏わるギリシャ神話が綴られている。ページの片隅には大人向けの説明があった。子供だけでなく大人も楽しめる絵本だ。

「レダから生まれた双子のお星様のお話だ」

「レダはどんなママ？」

「……ママ？　ママのレダはスパルタの王妃様」

……あ、ゼウスが人妻に一目惚れして、双子を産ませる話だ。

ゼウスの不倫列伝《ふりんれつでん》のひとつ、と俊介は心の中で焦った。

オリュンポスの最高神であるゼウスが沐浴《もくよく》中のレダを見初《みそ》め、白鳥に変身して想いを遂げる。レダに産ませた双子が双子座。

「パパはスパルタの王ちゃま？」

「……ゼウス」

迷ったけれど、嘘はつけない。神話で最も畏怖《いふ》される神々の王の名を双子の父として告げた。

「……ゼウスはこっちのヘラクレスのパパ」

みっちゃんはギリシャ神話最高の英雄の冒険を綴った絵本を差しだした。ゼウスが夫に変身して、人妻に産ませたのがヘラクレスだ。

「ゼウスはヘルメスのパパ」

みっちゃんがギリシャ神話の絵本を差しだすと、小学四年生の女児はギリシャ神話の児童書を手にした。ヘルメスはゼウスが女神マイアに産ませた不義の子だが、これもオリュンポスあるある。

「ゼウスはアポロンとアルテミスのパパ」

「ゼウスはアテネのパパ」

「ゼウスはペルセポネのパパ」

女の子たちに不思議そうな目で言われ、俊介は途方に暮れた。嘘はつきたくないが、ゼウスの不倫話はいくらなんでも早すぎる。

「……うん、ゼウスは浮気の常習犯……ゼウスは最高神だけど……ん……」

ゼウスじゃなくてユピテルかジュピターって言えばよかった、と俊介は後悔したが遅い。

縋るように視線を流したが、直太朗は夕食の準備でいないし、レミエルはイエス・キリストの絵本を女児たちに読み聞かせている。もっと言えば、レミエル本人の考えをわかりやすい言葉で語っているようだ。

俊介は一呼吸置いてから、強引に話題を変えた。

「……なっちゃんの誕生日はいつかな？」

なっちゃんの誕生日を聞き、俊介は星座を調べた。予想通り、なっちゃんもほかの女の子たちもゼウスを忘れたようだ。

「水瓶座だね」

「どんなおはなち？」

なっちゃんに純真無垢《むく》な目で問われ、俊介は大人向けの説明を読み始めた。

「トロイアの王子をゼウスが鷲《わし》に変身してさらって……あ、その、ゼウスがオリュンポスに連れて帰って飲み物を注ぐ係にした……」

ゼウスが世界一の美男子と称えられていた王子を気に入り、鷲に化けて誘拐し、愛人にしてしまった。宴《うたげ》で水瓶から飲み物を注ぐ王子の姿が水瓶座だという。

……しまった。

ゼウスが出てくるとひどすぎる。

これでも神か？

気に入ったら人妻であっても構わず、牛やら白鳥やら黄金の雨やらに変身して手に入れて、妊娠させて、嫉妬深い正妻のヘラから守りもせず。

そういえば、ギリシャ神話を読んだ時に神話だと思わずファンタジーだと思った、と俊介は心底から後悔する。

けれども、天の声。

「夕ご飯だよ〜っ」

直太朗の手伝いをしていた小学五年生の女の子が現われ、俊介の窮地《きゅうち》は救われた。子供たちは波が引くように食堂へ。

俊介は絵本を片づけているレミエルに近寄った。

「レミエル、星座の話は難しい。ゼウスが絡まない星座はどれかな？」

「星座はゼウスの罪の数だけあるようなもの」

レミエルは万象《ばんしょう》を司《つかさど》る神の浮気癖をばっさり切り捨てた。

「ゼウスって本当に神様か？　ここの神様……っと、レミエルの神様みたいに正義感はないよな？」

ヤハウェは神の法において厳格だが、全知全能のゼウスは喜怒哀楽が激しいし、倫理観や正義感は皆無に等しい。

「ゼウスは我が神に並ぶ力を持つが、尊敬に値《あたい》せず……あれには近寄るでない」

「僕も関わりたくない」

「さきの大戦争のおり、我が力天使《りきてんし》軍を率《ひき》いていた頃、ゼウスは白い鳩に姿を変え、勤勉な天使を堕落させた」

白い鳩はレミエルが仕える神の象徴だ。ゼウスは目的を達成するために白い鳩を選んだのだろう。

「本当に手当たり次第だな」

俊介は顎を外しかけた。ゼウスは正妻もヘラで三人目だし、ほかの女神や精霊《ニンフ》とも浮気しているが、天使まで手を出していたとは知らなかったのだ。潔癖《けっぺき》な天使長が激昂《げきこう》したはず。

「勤勉な天使は女神ヘラに始末された」

毎度、ヘラの嫉妬はゼウスの浮気相手に向けられる。諸悪の原因は節操《せっそう》無《な》しの夫だというのに。

「あの夫婦、ひどすぎる」

俊介があまりの不条理さに顔を歪めた時、ジュニアやベルフェゴールが呼びにきた。

「ママ、ママ、モグモグ」

「……あぁ、行くよ」

俊介は立ち上がったが、レミエルはそのまま。

「レミエル、夕食だ」

「我は控える」

「レミエル、子供たちはみんな寂しいんだ。少しでも一緒にいてあげてほしい」

俊介が感情をこめて言った時、ジュニアが真っ赤な顔で怒鳴った。

「おっちゃん、めーっ」

幾度となく目にした白い鳥が、俊介を目がけて飛んでくる。今まで見掛けた時とは飛び方が違った。

「……え？　白い鳥？」

「おっちゃん、めっめっめっめっめっめっめーっ」

ジュニアが物凄い勢いで白い鳥に飛びかかる。

ムチムチっとした身体で抑えこもうとした。

……が、白い鳥はスルリと躱す。

『俊介、参ろうぞ』

白い鳥が喋った途端、辺りは黄金のオーラに包まれる。

俊介の視界が一変した。

4

ほんの一瞬でギリシャ風の開放的な神殿の一室。

それも白いベッドのうえ。

俊介は瞬きをする間もなく、白いシーツの波間に座っていた。目の前には初めて見る白人の中年男性。

「俊介、待たせたな」

気味が悪いぐらい甘く囁かれ、俊介は正気に戻った。

「……は？」

誰だ、と俊介は白い鬚《ひげ》を生やした男性を凝視した。悪魔には見えないが、天使にも見えない。

「もっと早くふたりきりになりたかったが、大公爵のガードが固くてのぅ。ここはわしの島じゃからなんの気兼ねもない。存分に愛し合おうぞ」

顔が近づいてきたが、俊介はすんでのところで躱した。

「断わる」

ボスッ、と枕を彫りの深い顔に押しつける。

「これこれ、わしはオリュンポスのゼウスだ」

ひれ伏せ、とばかりに威風堂々と名乗った。名を明かせば、俊介が平伏《へいふく》すると思いこんでいる。

「……浮気性の最低神？」

誘拐犯は神とは思えないゼウス。

瞬間移動でベッドにいる理由はわかったが、俊介は自分が狙われた理由がわからなかった。ゼウス好みは美男美女のはず。

「驚いた。わしの子供をあやしてくれた優しさはどこに？」

「ゼウスの子供？」

「赤ん坊の双子じゃ」

ゼウスが鬚を撫でながら言った途端、三日前からグリーンホームで預かったという双子の赤ん坊を思いだした。あの時、窓の白い鳥を小さな指で差していたのだ。

「……あ、あの双子？　神の子、ってゼウスの子だったのか？」

「喜べ、そなたにもわしの子を身籠《みご》もらせてやろう」

ゼウスの腕が伸びてきた瞬間、真っ白な壁が凄まじい音を立てて崩れ落ちた。ズドドドドドドドッ、と。

「おっちゃん、めっめっめっめっめっめっめー っ」

ジュニアがラベンダー色のオーラを撒き散らしながら壁から出てくる。円柱を倒しそうな勢いだ。

俊介の喉がひりついた。

「チビタ、ママについてきたのか?」

どうやってわしの結界を破った、とオリュンポスの統治者《とうちしゃ》は驚いている。オリュンポスほどではないが、入念な目くらましと結界を張り巡らせているようだ。

「おっちゃん、ちんちん、めっめっめっめっめっめー っ、めー っ」

「チビタ、そうだよ。おっちゃんのちんちんはママに大事なご用があるんだ。おねんねしてくれるかな」

「チビタのママ、チビタの嫁ー っ」

ジュニアはラベンダー色の矢を何本もゼウスに放った。

「百日ほど、借りるよ」

ゼウスは余裕たっぷりにラベンダー色の矢を消滅させる。性格に問題がありすぎても、最強の神々や怪物たちとの大戦争を制してきた覇者《はしゃ》だ。

「めーっ」

「五十日で手を打つ。いい子だから待っていてね」

「おっちゃん、めっめっめっめっめっめっめーっ」

ジュニアは俊介に抱きつき、人差し指を立てて瞬間移動。

……否、ゼウスの手が左右に揺れ、新しい結界を張り巡らせる。

結果、ジュニアの瞬間移動失敗。

「結界破りはさせないよ。これでも神の王ぞ」

ゼウスが悔しそうなジュニアに貫禄を見せつけたが、俊介は刺々《とげとげ》しい声音で嫌みを言った。

「それでも神ですか」

不倫王に俊介の嫌みは通じない。

「これこれ、俊介、わしの魂の恋人、ヘラに気づかれる前に愛し合おうぞ」

「断わる。帰してください」

「このわしに、最高神に逆らうのか？」

わしを怒らせたらどうなるかわかっているな、とゼウスはかつて戦った相手に下した数々の罰を俊介の脳内に見せた。

天空を支えさせられているアトラス、コーカサスの山頂に磔《はりつけ》にされ生きたまま鷲に肝臓を食べられるプロメテウス、タルタロスという奈落《ならく》の底に沈められたティタン族など。

……そう、俊介も流れこむ神々の苦しみに戦慄する。

けれども、愛し子の声で自分を取り戻した。

「おっちゃん、めーっ」

ジュニアはラベンダー色の大砲をゼウス目がけて発射した。

ドカーン。

天井に大きな穴ができ、澄み切った青い空が見えたが、ゼウスは掠《かす》り傷ひとつ負っていない。

「こらこらこら、騒ぐでない。ヘラに気づかれる」

し～っ、とゼウスが口元で人差し指を立てれば、ジュニアの身体が黄金の鎖で拘束される。

「……チビタっ……これは神のすることじゃない。それでも神ですか?」

俊介は真っ青な顔で愛し子に手を伸ばしながら罵《ののし》った。

「わかった。思う存分愛し合った後は星座にしてあげよう」

「絶対にいやです」

「これこれ、ゼウス相手にそれはないよ。わかっているよね」

「チビタ、パパのところに戻ろう」

俊介が鼓舞するように微笑むと、ジュニアは尻尾をいきり立てて、黄金の鎖を引きちぎった。

「ふんっ」

ジュニアの闘志は燃え上がり、ラベンダー色の哺乳瓶にゼウスを封じ込めようとした。

……が、力不足。

「これこれ、ゼウスの力を見くびってもらったら困る」

「チビタ、ヘラに気づかれるぐらい騒いでいいよ」

俊介が焚きつけるように言うと、ゼウスは困惑顔で手を振った。

「これこれ、ヘラに気づかれたら俊介が危ない」

「ゼウスにいいようにされるよりマシ」

ヘラの怒りがゼウスだけに向けられないから大迷惑だ。しかし、ゼウスがそれなりに敬意を払っているのは正妻ぐらい。

「……千年ぶりに本気の恋に落ちた。本気になったぞ。……いい。いい。この気持ち、もう止められない～っ」

うおぉぉぉぉぉぉぉぉぉぉぉぉぉ～っ、とゼウスの姿が若々しい青年になる。下肢も昂《たか》ぶり、布越しにもくっきり。

ぶわっ、と俊介に鳥肌が立った。

「おっちゃん、ちんちん、めーっ」

ジュニアがゼウスの股間目がめて、ラベンダー色の槍を突き刺そうとした。

その途端、ゼウスが指を鳴らした。

「チビタ、エロスと遊んでおいで」

一瞬でチビタが黄金の雲とともに消える。

「……チビタ？」

俊介は目の錯覚だと思って、宙に手を伸ばした。

「チビタはエロスと仲良くなると思う。心配せんでいい」

「……エロス？」

「……あぁ、アフロディーテの息子じゃ。キューピッド、といったほうがわかるかな」

愛と美を司る女神の息子といえば、弓矢を持った幼子のキューピッド。

ゼウスの思惑はわからないが、俊介は狼狽《ろうばい》せずに睨みつけた。

「アスタロトを敵に回す気ですか?」

アスタロトは必ず助けに来てくれる、と俊介は心の中で力んだ。残虐無比な大悪魔なのに、その信頼は全知全能の神を前にしても揺らがない。

「……大公爵? サタンの従者じゃ。わしの相手ではない」

ふっ、とゼウスは鼻で嘲笑《ちょうしょう》する。オリュンポスの支配者は魔界の支配者に仕える大悪魔を格下扱いした。

俊介が言い返そうとした瞬間。

「……ほう、それは興味をそそられる話」

破壊された壁から紫色のオーラが流れてくるや否や、大きな薔薇になり、アスタロトが悠然と現われた。

「……大公爵? ……んんんんん……わしも歳かな……」

結界が破られたことに戸惑っているらしく、ゼウスは思案顔で低く唸る。だが、動じたりはしない。

「我が妻、返していただく」

あっという間に、俊介の身体は紫色のオーラに包まれた。つまり、アスタロトに保護された。

「アフロディーテで手を打たぬか？」

交換、とゼウスは得意気な顔で手を動かした。美の女神は正妻との間に生まれた鍛冶《かじ》の神の妻だ。もっとも、息子の嫁にあたるアフロディーテとも肉体関係があったことは知られている。

「戦《いくさ》の準備をされよ」

アスタロトの宣戦布告にゼウスは首を傾げた。

「……なんと、このわしを？　オリュンポスを敵に回す気か？」

「タルタロスでデュポンと再会めされ」

アスタロトの左手の紫水晶が光り輝いた途端、俊介の居場所が変わった。


瞬きするまもなく、見覚えのある大公爵の一室。

俊介はアスタロトに肩を抱かれ、繊細な猫脚の長椅子に座っていた。黄金と水晶のシャンデリアの下、香りのいい真紅の薔薇が飾られたテーブルには辛口の赤ワインと木の実と果物。

まるで何事もなかったかのようだ。

「我が妻、待たせた」

俊介は肩を抱いている相手に確かめるように尋ねた。

「……アスタロト？」

「いかにも」

アスタロトの玲瓏《れいろう》とした美貌が和《やわ》らぎ、肩を優しく抱き寄せられる。絹糸のような髪が俊介の頬に触れた。

……アスタロトだ、と俊介が実感した瞬間、涙腺が緩む。

「……お、遅い……遅かった……」

いきなりゼウスにさらわれたんだ。

僕はただの人間だぞ。

どうしてもっと早く助けにこない、と俊介は口にしたいのに感情が昂ぶりすぎて口にできない。

「泣くでない」

いつもと同じ態度だから癪《しゃく》に障る。

けど、愛しい。

「……遅いよ……遅すぎる……」

「我を詰《なじ》る前に詫びぬか」

「……何を？」

「何故、ゼウスに姿を晒《さら》した」

アスタロトに淡々とした口調で咎められ、俊介はあまりの理不尽さに頬を引き攣らせた。

「白い鳥がゼウスなんて気づかない」

「吾子が騒いだであろう」

アスタロトの言葉で、俊介は我に返った。全知全能の神に力及ばず、キューピッドのところへ飛ばされたのだ。

「……チビタ？　チビタは？」

ガバッ、と俊介は立ち上がり、周囲を見渡した。

「案ずるな」

アスタロトの視線の先、窓際の長椅子ではミルクを枕にしたジュニアがオヤジ顔負けの鼾をかいていた。大理石の床には小さな弓矢が落ちている。

「……あ、寝ている？」

ミルクの綺麗な毛並みにはジュニアの悔し涙と涎《よだれ》がべったり。

「疲れたのであろう」

アスタロトはなんでもないことのように言ったが、俊介の怒りのマグマが噴火した。

「ゼウス、ひどすぎるっ」

「ゼウスは狙った獲物は逃がさぬ。雨にも雲にもなり、そなたの身体を奪おうとする」

アスタロトは神の王の手練手管《てれんてくだ》を語った。人間界に伝わっているギリシャ神話は事実だという。

「絶対にいやだ」

「我に姿を変え、そなたの身体を奪うかもしれぬ」

アスタロトが語ったゼウスの節操無しは、俊介もギリシャ神話の書物で知っている。気に入った相手に相思相愛の夫がいてもゼウスは諦めない。ゼウスは夫に姿を変えて楽しみ、妊娠させている。そのとき生まれた子供が最高の英雄として謳《うた》われているヘラクレスだ。

「……それはたぶん……たぶん、気づくと思う」

ゼウスがアスタロトに変身しても僕はわかる。

きっとわかる。

ゼウスなら完璧にコピーするかもしれない。

それでもゼウスとアスタロトは根本的に何かが違う、と俊介はアスタロトの艶麗《えんれい》な美貌を改めて見つめた。

「ゼウスは巧《たく》みなり」

アスタロトもゼウスの力は認めているようだ。

「どうして、あれが神なんだ？」

神ではなく悪魔のほうが腑に落ちる。ゼウスの人間嫌いは筋金入りで、神話にも綴られていたはずだ。

「……力」

力がすべて。

アスタロトの一言で魔界の統治者を思いだした。絶大な魔力を誇る七大悪魔が団結して挑《いど》んでも、わけがわからないチンピラの魔力に敵わないという。それ故、悪魔の頂点に立つ。

「サタンと同じ理由？」

「いかにも」

冥界《めいかい》の支配者や海の支配者など、数多《あまた》の神々が共闘してもゼウス一柱《いっちゅう》には敵わない。

「……も、もう……なんて言ったらいいのかわからないけど……悔しい……」

思わず、俊介はアスタロトの髪を掴んだ。人間界のみならず、魔界もオリュンポスも不条理に満ちている。

「我の前で我以外のこと、考えるでない」

アスタロトの機嫌を損ねたことはわかるが、俊介の頭には血が上ったまま。

「アスタロトが遅いから」

グイグイグイッ、と俊介は艶やかな髪を引っ張った。もっと早く来てくれたら、という思いが消えない。

「そなたがグリーンホームに入れこむからぞ」

アスタロトに注意されても、俊介の気持ちは変わらない。

「グリーンホームは必ず守る」

「二度と近寄るでない」

アスタロトに冷酷な声で命じられたが、俊介は真摯な目で拒絶した。

「いやだ。子供たちは絶対に守る」

「ならば、ゼウスの子を捨てよ」

「駄目だ。子供に罪はない」

俊介が憤然と抗議した後、一呼吸置いてから言った。

「……まさか、あの双子がゼウスの赤ん坊なんて……ゼウスはどうする気だ？　ちゃんと認知して養育費を払うのか？」

俊介にとってはグリーンホームの子供たちと同じようにゼウスの赤ん坊も可愛い。幸多い人生を歩ませたい。

「構うなかれ」

そなたが嫌っているゼウスの子なり、と。

アスタロトは赤ん坊に情をかける妻が理解できないらしい。

「認知と養育費の代わりに、星座にするなんて言ったら許さない」

犠牲者たちは星になり、幸せなのだろうか？

ゼウスの罪滅ぼしは罪滅ぼしにならない。

「やめよ」

「認知は無理でも、養育費は請求させてほしい」

ゼウスに認知されたほうが不幸。

けど、養育費はきっちり払わせる、と俊介は並々ならぬ闘志を燃やした。入院中の母親も心配だ。

「そなた、己《おのれ》が何者であるか思いだせ」

焦れたらしく、アスタロトに冷徹な目で俊介は見据えられた。

「……そんな嫌み……」

「そなた、何者ぞ？」

アスタロトが聞きたい言葉に俊介は気づいている。

……が、口にする気になれなかった。ゼウスの見境なしを目の当たりにして感情が抑制できない。

「アスタロトは何者？」

俊介が感情をこめて聞き返すと、長い睫毛《まつげ》に縁取られた瞳が揺れた。

「……そなた」

「僕に聞くなら先に答えろ」

「我はそなたの夫なり」

華やかな大悪魔の表情はさして変わらないが、身に纏うオーラは柔らかい。ただ、どこからともなく落雷の音が響いてくる。窓の外は穏やかな景色が広がっているというのに。

「……うん、そうだな」

「そなたは我の妻なり」

アスタロトの瞳がゆらゆら揺れ続け、薄い唇が微かに緩む。

言葉では表現できない妖艶さに、俊介は見惚れた。未だにアスタロトの美貌には慣れない。

「……うん、そうだよ」

「いついかなる時も忘れるな」

「……うん、助けてくれてありがとう」

ゼウスの力は本物だ。

下手をしたら、アスタロトも危なかったかもしれない。

なのに、ちゃんと僕とチビタを助けにきてくれた、と俊介は心魂から残虐非道の限りを尽くしたという大悪魔に感謝した。

「我が妻、礼は無用」

アスタロトにしては珍しく、どこか照れたように微笑む。心なしか、室内の空気が変わり、ジュニアの鼾の豪快さがアップグレードされた。

「信じていた」

「我を疑うなかれ」

「悪魔なのに信じていたんだ」

悪魔がこんなに綺麗で誠実なんて反則、と俊介はアスタロトを真っ直ぐ見つめた。愛しさが無性に募る。

「夫の務め、果たそう」

アスタロトは伏し目がちに言ってから、左手の紫水晶を輝かせた。俊介が声を上げる間もなく寝室の天蓋付きのベッドだ。

「……アスタロト」

俊介はシーツの波間に沈められ、アスタロトに身体を乗せられた。重くもないし、軽くもない。俊介が身体で知っている大公爵の身体だ。

「よくもゼウスと同じ閨《ねや》に入った」

アスタロトに詰《なじ》られ、俊介は顔を派手に引き攣らせた。

「僕も入りたくなかった」

「二度と許さぬ」

ゼウスに対して感情を爆発させなかったが、アスタロトの高い矜持《きょうじ》が軋んだことは間違いない。

「僕も二度といやだ」

少し思いだしただけでも鳥肌が立つが、アスタロトを見れば鎮まる。胸が高鳴り、頬も上気する。

「そなた、永遠に我の妻なり」

一方的に愛の誓いをさせられるつもりはない。俊介はアスタロトの首に腕を回しながら言った。

「アスタロトも僕のアスタロトだよ」

誓え、と俊介は濡れた目だけで請《こ》う。

「よかろう」

アスタロトの唇を首筋に感じた途端、身体が甘く痺れる。俊介は魔力を使われたような気がした。

「魔力は使わないでほしい」

前々から口にしていた切実な願いだ。どんなに身体の負担が大きくても、魔力で乱されるのはいやだった。

「使っておらぬ」

アスタロトは自身の手で俊介が身につけていたシャツのボタンを外した。魔力を使えば一瞬なのに。

「本当だな？」

俊介が念を押すと、アスタロトは口元の端を緩めた。

「いかにも」

「単なるアスタロトがいい」

俊介は上ずった声で言いながら、アスタロトの襟元を緩めた。染みひとつない肌が現われる。調べるようにそっと触れた。……いや、そっとではすまない。確かめるようにじっくりと。

キスもアスタロトが初めてだったから比較の対象がいない。だが、男にしては美しすぎる肌。

「そのような顔、我のほかに見せるな」

冷酷無比な大悪魔の声が甘く聞こえるのは気のせいではない。永久凍土のように冷たく見える唇の熱さも現実。

いつしか、俊介は生まれた時の姿に。

「アスタロトも」

「心得た」

アスタロトはベッドの脇にある猫脚のチェストの引き出しから小瓶を取りだした。潤滑《じゅんかつ》剤《ざい》として使用する香油《こうゆ》だ。

「……あ、それ……」

媚薬《びやく》ではないが、質のいい香油の濃厚な香りに包まれると身体が反応する。条件反射で期待してしまうのかもしれない。もう何も知らなかった身体ではないから。

「気に召《め》さぬか？」

白い手にはたっぷりの香油。

「……その……」

「そなたの身体のため」

「……ん」

「夫を感じるがよい」

アスタロトの手が下肢に伸びると、全身に甘い痺れが走った。俊介の目が早くも潤み、腰が勝手にうねりだす。

「……あ……だから、魔力を使うな」

局部を巧みに扱かれ、肌に響く悦楽がたまらない。俊介は歯を噛み締め、首を小刻みに振った。

「使っておらぬ」

くっくっくっ、と喉の奥だけで余裕たっぷりに笑う大悪魔が憎たらしい。

「……う、嘘だ」

「淫らなそなたも愛らしい」

ヌプ、という卑猥《ひわい》な音とともに長い指が秘部に挿《はい》ってくる。肉壁を意地悪く弄《いじ》くられ、俊介は理性を飛ばしそうになった。

「……い、言うなっ」

「我しか見ておらぬ。存分に乱れよ」

身体の最奥の指が増やされる。探るように突かれ、俊介は勝手に蠢《うごめ》く腰を止められなくなった。足も自分から大きく開き、さらなる快感を求める。

「……あ……あっ……そんなとこ……」

「我を楽しませよ」

秘所への刺激だけで、俊介の下肢は力を持った。左の乳首を甘く噛まれ、脳天まで喩えようのない快感に浸る。

「……あっ……あ……もう……」

僕、おかしい……変になる……変だ……駄目、と俊介は全力を傾けて身体の芯から湧き上がる悦楽《えつらく》に耐えた。

「我もそなたを楽しませる」

華やかな美貌に凄絶な色気が混じり、分身も熱く昂ぶっていた。俊介の身体は期待で甘く疼《うず》く。

「……あ……あぁ……」

「ゼウスであろうとも渡さぬ」

アスタロトの独占欲が俊介の身体を直撃した。態度には出さなかったが、静かに怒髪天を衝いていたのだ。

「……あ……アスタロト……」

「そなたに手を出そうとしたこと、後悔させてやる」

「……あ……あぁっ……も、もう……もう、駄目だ……」

「我が妻、淫らに振る舞え」

「……も、もうーっ」

華麗なる大悪魔がただの男になる時、俊介の辛うじて残っていた理性は露と消え、身も心も蕩ける。

ふたりだけの熱い夜の幕は上がったばかり。

5

お互いにお互いしか見ていなくて、どちらも二度目の頂点を迎えた後。

幸せな気持ちで深い眠りに落ちたことはなんとなく覚えている。目覚めた時、俊介はアスタロトの腕枕。

暫くの間、情事の余韻と倦怠感《けんたいかん》を噛み締めた。

けれども、少し動いたら最奥からアスタロトの落とし物が漏れる。下肢に力を入れて止めようとしても、自力では止められなかったのだ。太股を伝ってシーツに染みを作った。

どうしたって、いたたまれない。

未だにふたりの身体をひとつにした器官は濡れたまま。

「……アスタロト……」

お風呂に入りたい、と俊介が口に出さなくても通じたらしい。

アスタロトに抱き上げられ、ベッドルームの奥にあるバスルームに運ばれた。高級スパ並の広さがあるから、ふたり一緒に入っても充分。

黄金の獅子像の口から湯が流れ、湯面には生花の薔薇が浮かんでいた。そうなることが自然のように、湯気の立ちこめる中、俊介はアスタロトに肩を抱かれている。ほっこりしたいのにできない。

「……アスタロト、そんなに見るな」

俊介は視線を逸らし、アスタロトの髪の毛を引っ張った。何せ、アスタロトに見つめられるだけで、鎮めたはずの身体が疼いてしまう。

「初々《ういうい》しい」

チュ、と額にキスされ、俊介の身体が震えた。

「……だから、駄目」

「妻を見るのは夫の義務」

しっとりと濡れた大悪魔の妖艶さにクラクラする。俊介は懸命に理性を掻き集めて言い返した。

「そんな義務はない」

「そなたが見てもいいのは我だけ」

アスタロトに抱き直され、俊介の胸の鼓動が早くなった。下肢に熱が溜まり、腰が揺れる。

「……わ、わかっているくせに……」

「いくらでも我を求めよ」

アスタロトはちゃんと俊介の葛藤《かっとう》に気づいていた。それ故、凄絶な色気を漲《みなぎ》らせて煽っている。

「……ぼ、僕の身体がもたない」

ペチン、とアスタロトの濡れた胸を叩き、俊介は距離を取ろうとした。なのに、腰を抱き寄せられる。俊介の身体も本人の意思を裏切り、アスタロトの肌から離れようとしない。

「そなたの気は漲っておる」

アスタロトに指摘された通り、俊介の下肢は凄まじい熱を帯びている。閉じたはずの秘《ひ》孔《こう》も開き気味。

「……う……」

「夫の義務を果たそう」

「……あっ……」

ズブリ、と秘部からアスタロトの分身が入ってくる。浮遊感でさしたる痛みもなく、俊介の身体は受け入れた。

「夫を感じよ」

耳には愛しい大悪魔の声、体内には熱い肉柱。

「……あ……あ……そこまで……」

ズブズブズブ、どこまでも深く突き刺さる。これ以上ないと思っていたところにまで続き、俊介の身体は無意識のうちに反っていた。

「感じるがいい」

「……も、もう……」

感じすぎて辛い。

辛いのにもっと感じたい。

俊介の身も心もアスタロトに支配された。

「求めたのはそなた」

アスタロトの手によって支えられ、俊介の腰は浅ましくもうねりだす。正直すぎる身体が抑制できない。

「……な、なんのために……お風呂に……」

「淫らなそなたも愛らしい」

アスタロトの肉塊に意地悪く弱点を突き上げられ、喩えようのない快感が肌を走り抜ける。俊介の口から隠したい本心が漏れた。

「……いいっ……や、駄目っ……やっ……」

「我を楽しませよ」

「……そ、そこは……もう……」

俊介は愛しい大悪魔から離れ、淫らに蠢《うごめ》く腰を止めようとした。……が、徒労と化しただけ。

俊介の嬌声《きょうせい》がバスルームに響き渡り、アスタロトの満足したような吐息が漏れた。

バスルームから上がって、火照《ほて》った心身を冷ます。俊介は今さらながらにゼウスに飛ばされていた時のジュニアが気になった。

「……あ、チビタは？　チビタはどうしていたのかな？」

俊介がグラスを手に尋ねると、アスタロトは目を細めた。

「ゼウスの思惑を裏切った様子」

「どういうことだ？」

「見るがよい」

アスタロトの白い手が優雅に円を描くと、壁にはめ込まれた大きな鏡には色鮮やかな花が咲き乱れる庭園の大きな揺り籠が映しだされた。ボスンッ、とジュニアが天から落ちる。

『……っ、ママ？　ママ？』

ジュニアがきょろきょろと周囲を見回すと、黄金の矢が物凄い勢いで飛んできた。シュッ、と。

『……ふんっ』

間一髪、ジュニアは揺り籠から飛び降りて黄金の矢を躱す。枕に刺さった黄金の矢は消えた。スゥウウウウウウ〜ッ、と。

『……外《はず》れた』

可愛い子供が東屋の屋根で弓を構えている。白い羽根をパタパタさせ、威嚇するように見下ろした。

『チビタ、ママのおっぱい、納豆《なっとう》』

ジュニアは仁王立ちで言い放った。

『キューピッド、ママのおっぱい、メロン』

キューピッドと名乗った子供は白い羽根で屋根から下りる。弓矢をジュニアに向けたまま。

『チビタ、ママのおっぱい、ココア』

ジュニアは特攻隊長のような顔で一直線。

『キューピッド、ママのおっぱい、ネクタル』

ゴツンゴツンゴツン、と黒い羽根を持つ小悪魔と白い羽根を持つ小悪魔がおでこをぶつける。威嚇し合っているようだ。

小さな泉にいた白い鳥が鳴いた。

開戦のファンファーレの如《ごと》く。

『ママのおっぱいパンチーっ』

ジュニアが必殺の右ストレート。

『ママのおっぱいパンチ、返しーっ』

キューピッドに必殺技を躱されるや否や、ジュニアはすぐに態勢を立て直して白い羽根に噛みつく。むしっ、と手でも容赦なく羽根をむしる。

『ううっ』

ガブリ、とキューピッドは真っ赤な目でジュニアの足に噛みつく。自分の羽根が宙《ちゅう》を舞っても泣かない。

『ふんっ、チビタのママ、一番』

『ふふんっ、キューピッドのママ、一番でちーっ』

ジュニアとキューピッドの可愛い顔はすでに泥まみれの傷だらけ。

男のプライドをかけた死闘が繰り広げられた。

アスタロトは楽しそうに喉の奥で笑っているが、俊介の心臓の鼓動が早くなる。手で押さえ、呼吸を整えた……が、苦しい。

……チビタ、また？

その子は単なる子供じゃない。

美の女神と軍神の子供だ、と俊介は取っ組み合いのケンカにハラハラした。ジュニアが無事に戻ってきても冷静に見ていられない。

「……あ、あれ？」

キューピッドはいきなりケンカをやめ、東屋のテーブルに置かれている水瓶に手を伸ばした。どうやら、喉が渇いたらしい。ふたつの杯にドクドクドク、と神の飲み物とされるネクタルを注ぐ。

『チビタ、あい』

キューピッドは自分が飲む前に、ジュニアにネクタルを注いだ杯を渡した。

『チビキュー、あ～とう』

ジュニアは屈託のない笑顔で杯を受け取り、ゴクゴクと飲み干してから豪快にげふーっ。

さらに、おかわり。

『チビキュー、もっと』

ジュニアのオーダーに怒るどころか、キューピッドは鼻を鳴らした。

『チビタ、わかる奴でち』

つい先ほどまで鬼の形相でケンカをしていたのは誰だ？

ふたりでお互いの健闘を称えるように飲み物を飲み、身振り手振りを交えて話しだした。

『チビタママ、チビタの嫁、おっちゃん、めっめっめっめっめっめーっ』

『ふんふんふんふんっ、チビキューの嫁、おっちゃん、クソめっめっめっめーっ』

『おっちゃん、ちんちん、キャロット、めっ』

『おっちゃん、クソちんちん、クソクソ、めっめっめっめっめっめっめーっ』

『おっちゃん、おしっこ。ワンワン、ぽっとん、にゃあにゃあ』

『おっちゃん、クソうんこ。かあかあ、ぼっとん、ぶちぶち』

俊介にはまったくわからないが、キューピッドはジュニアに分身ともいうべき弓矢を渡した。ジュニアは大公爵の後継者の証ともいえる胸の紫水晶のブローチを渡す。

マザコン同士の交渉が終了した時、ジュニアの足元から紫色のオーラが漂ってきた。アスタロトの魔力だ。

『……パパ……パパ……こっち……そっち？』

ジュニアは地面ではなく空を見上げ、鈍く光る天の裂け目を見つけた。小さな指で差してコクリ。

『チビタ、バイバイ』

キューピッドが投げキッスをしたところで、アスタロトの白い手が終わりとばかりに白い円を描いた。

鏡に映っているものは、凄艶な大公爵に肩を抱かれた日本人男性の妻。

「……え？　チビタとキューピッド……紫水晶のブローチと弓矢を交換したのか？」

俊介が呆然とした面持ちで言うと、アスタロトは優雅に目を細めた。

「吾子、やりおる」

「友達になった証で交換？　そういうの？」

一昔前、姉や従姉《いとこ》が親友とペンやリボンを交換していた。祖父にもそういった親友がいたと聞いている。

「そなた、純粋で愛らしい」

「……それ、嫌みだよな？」

「本心なり」

「……あ、まさか、恋人同士の交換じゃないよな？　うちの家政婦さんや叔母さん、好きな男とハンカチを交換してから、親の決めた結婚相手と結婚したって聞いた……」

チビタ、まさか、キューピッドに恋？

違うよな？

これがゼウスの罠？

チビタの嫁がキューピッド？

チビタの恋を応援してあげたいけど、僕は力の限り反対する、と俊介の思考回路はショート寸前。

「愛くるしい」

アスタロトの紫色の瞳が扇情的《せんじょうてき》に揺れ、口角も意味深に上がっている。

「……思い切り馬鹿にしているな？」

俊介が文句を言おうとしたが、アスタロトの唇に封じられた。

甘いキスに俊介の心が痺れる。

軽く重なった後、角度を変えて深く重なり合った。

俊介の脳天《のうてん》が疼《うず》く。もっと言えば全身が疼く。知らず識らずのうちに、アスタロトにしがみついていた。

けれども、すべてを吹き飛ばす天の声ならぬ小悪魔の雷《いかづち》。

「めっめっめっめっめっめーっ」

振り向けば、マザコン息子が嫉妬に狂っていた。その手にはキューピッドの小さな弓矢を持っている。

「……チビタ？」

「めーっ」

ジュニアは宿敵に向かって弓を構えた。

つまり、最愛の母の心に棲む実の父親に。

「……そ、それは？」

俊介は血相を変えて止めようとしたが、アスタロトはいつもと同じように泰然としている。

「めっめっめっめっめっめーっ」

シュッ、とアスタロトを狙って黄金の矢が放たれた。

ズブリ。

アスタロトは軽く躱し、背後に控えていた赤毛の使用人の胸に突き刺さった。もっとも、スゥゥゥゥゥ〜っ、と黄金の矢は消える。

「……う……うぅ？」

赤毛の使用人は自分の胸を撫でつつ、アスタロトに救いを求めるように視線を流す。

その途端、赤毛の使用人はアスタロトの足元に擦り寄った。

「アスタロト様、お慕い申し上げております。それがしを愛人にしてください。なんでもします」

赤毛の使用人の告白に仰天したのは俊介のみ。

……あ、あ、あ、愛人？　愛人？　アスタロトに愛人？　アスタロトは僕に永遠の愛を誓ったよな？

「……っ……っ……ゆ、許さないーっ」

俊介が激憤すると、アスタロトは平然と言った。

「エロスの矢なり」

俊介の耳には『エロ』としか聞こえない。

「エロ？　エロの矢？」

「キューピッドの矢なり」

ボンッ、とアスタロトは自分に縋りつく赤毛の使用人を紫色の壺に入れた。

「……あ、キューピッド？」

オリュンポス随一の悪戯っ子が持つ弓矢は悲しい恋や悲劇を生んでいる。ジュニアとのやり取りを見たばかり。

「吾子はやりおる」

キューピッドの黄金の矢は恋心を呼び起こす。それ故、赤毛の使用人はアスタロトに恋したのだろう。

「……チビタがキューピッドの弓矢を持っている……うわ……」

俊介の背筋が凍りついた瞬間、ジュニアがふたたび黄金の矢をアスタロトに向けて放った。

ズブリ、とアスタロトではなく獣の顔をした上級悪魔の胸に刺さる。こちらの黄金の矢も音も立てずに消滅した。

「大公爵、わしを愛人のひとりにくわえてください」

獣の顔をした上級悪魔もアスタロトに迫る。

「痴《し》れ者」

アスタロトは悠然としたまま、紫色の壺に獣の顔をした上級悪魔を放りこんだ。

「パパ、ちんちん、めっめっめっめっめっめっめっめーっ」

ジュニアの怒りは二度の失敗ぐらいでは鎮静化しない。三度目、天井スレスレから黄金の矢を宿敵に放った。

ズブリ、と三本目の矢は三つの顔と三つの胴体を持つ上級悪魔の股間に突き刺さった。

黄金の矢にはどんな悪魔も抗《あらが》えないようだ。

「アスタロト様、わしの純潔を捧げます」

三つの顔と三つの胴体を持つ上級悪魔がアスタロトに求愛すると、周りの悪魔たちは逃げるように去って行った。角度を変え、またまたジュニアがアスタロトを狙っているからだ。

大公爵家の父子ゲンカは周囲の被害が大きすぎる。

「……あ、あの神話にあるキューピッドの矢の話は本当？」

キューピッドの黄金の矢の被害者には、オリュンポス十二神に数えられるアポロンも純情可憐なダフネもいた。

「いかにも」

アスタロトが肯定するように頷き、恋に身悶えている三つの顔と三つの胴体を持つ上級悪魔を紫色の壺に吸い込ませる。

「チビタ、やめなさいーっ」

俊介は真っ赤な顔で弓矢を構える愛し子に手を伸ばした。これ以上、被害者を増やしてはいけない。

「ママ、チビタの嫁」

ジュニアは悔し涙を溜め、母親の所有権を主張した。

「うん、そうだよ。僕はチビタの嫁だ」

「パパ、めっめっめっめっめっめーっ」

ジュニアの尻尾がいきりたち、ラベンダー色のオーラで俊介を包む。そうして、アスタロトに渾身《こんしん》の矢を放った。シュッ、と。

「吾子、どんなに我を狙っても我にはあたらぬ」

アスタロトは優雅に黄金の矢を躱し、ラベンダー色のオーラを紫色のオーラで吹き飛ばした。

「パパ、めっめっめっめっめっめーっ」

「吾子、聞くがよい。そなたの力は我に及ばず。我はその弓を阻《はば》む」

アスタロトは朗々と響く声で後継者に説明した。要は弓矢の腕ではなく使い手の魔力次第。

「めーっ」

大興奮した小悪魔は聞く耳を持たない。

「吾子、ゼウスにも敵わず。ゼウスもその弓を阻む」

アスタロトが現実を突きつけても、ジュニアはいきりたったまま。

「めーっ」

「吾子よ、母を守りたければ力及ばぬ相手にどのような戦いを挑むか、よく考えるがよい」

「めーっ」

「闇雲に攻撃しても、吾子の力が消耗するだけ」

アスタロトの言葉を聞き、俊介はいてもたってもいられない。魔界でも降り続ける雨はないのだから。

「めーっ」

「我の跡取りならば理解できるであろう」

アスタロト、いくらなんでもまだ小さいから無理だ、と俊介は口を挟みたいが挟める状態ではない。

「めっめっめっめっめっめーっ」

「そなたの弟、ベルフェゴールはゼウスに破られたグリーンホームの結界を修復するため、魔力を使い果たして倒れた」

アスタロトが孤軍奮闘した弟分に触れると、ジュニアの顔つきが変わった。両手を高く掲げる。

「ふんっ、チビベル、ぱんぱんぱんっ」

大公爵の跡取り息子は人間界の弟分に遠隔で魔力を注いでいるようだ。アスタロトは満足そうに目を細めた。

「ゼウスの置き土産に苦戦した模様」

「ふんっ、おっちゃん、めっ。チビベル、ぱんぱんぱんっ、ぱんぱんぱんっ」

「ベルフェゴールは吾子が魔力を使い果たし、疲弊《ひへい》していると気づいた。それ故、吾子に助けを求めなかった」

アスタロトの口から健気な弟分の気持ちを聞き、ジュニアの兄心がレベルアップ。

「ふんっ、チビベル、ぱんぱんぱん、ぱんぱんぱんっ」

「我もゼウスには力及ばぬ」

アスタロトは毅然《きぜん》とした態度で歯痒《はがゆ》い事実に触れた。自尊心の高い大悪魔とは思えない。

……あのアスタロトが、と俊介にしても驚いた。

けれど、ジュニアは真剣な顔でコクリ。

「ふんっ。パパも。チビタも」

「なれど、我が妻を狙った罪は償《つぐな》わせる」

アスタロトの高い矜持と妻への愛により、全知全能の神が許せない。色恋において諦めることを知らないからなおさら。

「ふんっ。おっちゃん、めっ」

チビタのママに手を出した奴、とジュニアの紫色の目は父親以上に燃えている。

「我がどんな戦法を取るか、よく見ていろ」

「めっ」

ジュニアは鉛色の矢をアスタロトに放った。

ブスリ、とミケランジェロが魔界で描いた肖像画に突き刺さる。鉛色の矢は恋を冷ます矢だ。

「そなたもゼウスに戦いを挑むか？」

アスタロトはきちんと後継者の意思を汲《く》み取った。

「ふんっ。ゼウス、ちんちん、めっめっめっめっめっめーっ」

チビタがゼウスのちんちんやっつける、とジュニアの目は息巻いている。鼻息もとんでもなく荒い。

「キューピッドの弓矢は最高の切り札になるであろう」

「ふんっ」

「無闇に放つな」

「ふんっ」

昨日の敵は今日の味方。

同じ敵を持つ者同士、父と子の間で共同戦線が張られたのかもしれない。未だかつてない空気が大公爵と後継者の間で流れた。

「……そ、そうじゃなくて、チビタ、さっさとキューピッドにその弓矢を返そう」

俊介がキューピッドの弓矢に手を伸ばすと、ジュニアは首を小刻みに振った。そのうえ、人差し指を立ててラベンダー色の哺乳瓶で包む。

「えいっ」

キューピッドの弓矢はラベンダー色の哺乳瓶に入った。ボンッ、と俊介が止める間もなく消える。

「……え？　どこに？」

俊介はオロオロしたが、ジュニアはドヤ顔でふんぞり返った。

「吾子、やりおる」

アスタロトが艶然と微笑むと、深紅の薔薇から赤いオーラが漂ってきた。ふわり、とベリアルが現われる。

天界にいた時から反目し合っているふたりに挨拶はない。

「アスタロト、ゼウスに宣戦布告したのか？」

ベリアルが呆れたように聞くと、アスタロトは鷹揚《おうよう》に頷いた。

「いかにも」

「ゼウスの神殿を潰したな？」

「いかにも」

「オリュンポスからクレームの嵐」

ヘラがウザい、とベリアルは大袈裟《おおげさ》に肩を竦めた。大悪魔も最高神の正妻には辟易《へきえき》している。

「それが？」

「サタン様が大喜び」

「開戦か」

「境界に来い。アスタロトと俺が先鋒《せんぽう》だ」

「我が急先鋒、そなたは後方につけ」

「挟撃しないか？」

仲が悪くても開戦となればべつ。

アスタロトはベリアルと肩を並べて意気揚々と最前線に向かった。俊介に加護のオーラを張り直しつつ。

俊介が呆然と立ち尽くしていると、ジュニアが甘えるように飛びついてくる。

「ママ、ママ、ママ」

「……チビタ……も、もう……言いたいことがありすぎて、何から言えばいいのかわからない……」

俊介が噛み締めるように可愛い一粒種を抱くと、執事が静かに近寄ってきた。

「奥方様、オリュンポスは手強い敵です。全面戦争となれば軽く見積もって十年は続くでしょう。仲裁がない限り、どちらかが滅亡するまで終戦はないと断言できます」

神々と悪魔の大戦争を想像しただけで気が遠くなる。ゼウス軍とサタン軍の仲裁など、俊介には見当もつかない。

「戦争は避けないと」

「アスタロト様とジュニア様はゼウスが謝罪しても許しません」

ゼウスが詫びることはない、と執事は言外に匂わせている。いつも冷静沈着な執事も今回のゼウスの所業には憤激しているらしい。

「二度と僕の前に現われなければそれでいい」

「奥方様、甘い。ゼウスはアスタロト様とジュニア様を侮辱しました。そう思ってください」

ヘラがゼウスの浮気に憤慨するのも自分に対する侮辱だと受け取るからです、と執事は穏やかな声音で明言した。

神々の怒りの苛烈さは人間とは比べようもない。

「……戦争って……神相手じゃ、アスタロトも無事じゃすまない」

「軍神アレスと知恵と戦いの女神アテナが最前線に繰りだしましたし、太陽神アポロンも海神ポセイドンも乗り気です。オリュンポスは前々からジュニア様の力を危惧していました」

今回の戦争はオリュンポスにとっても好機。

オリュンポスはジュニアが成熟する前に叩いておきたいのかもしれない。俊介の下肢が恐怖で竦んだ。

「……まさか、ジュニアが狙われている？」

「奥方様とジュニア様、ベルフェゴール様が狙われるでしょう。どうか暫くの間、アスタロト様の強固な結界が張られた居城にいてくださ……」

執事が言葉を言い終える前、ジュニアは人差し指を立てて言い放った。

「ママのおっぱい、梅干し」

我が子を止めたかったのに、俊介は止められなかった。

6

いったい執事の注意はなんだったのか？

ジュニアの瞬間移動により、ほんの一瞬でグリーンホームだ。敷地内にある花壇でレミエルが子供たちとともに野菜の種を撒いていた。かっくんを始めとする腕白坊主たちが水を張ったバケツを運んでいる。

「……え？　家庭菜園？　……違うよな？」

俊介は錯覚だと思ったが、ジュニアは勢いよく飛び降りる。タッタッタッタッ、と仲間たちに向かって一直線。

「チビタ、見参～っ」

チビタの増えた語彙《ごい》にあんぐりしたのは俊介だけ。

「チビタ、チビタ、見参来たーっ」

「チビタ、どこ行った？」

「いきなりおうち帰った。チビベルママに聞いた。びっくりちた」

子供たちはジュニアを見ると、弾ける笑顔でじゃれ合う。かっくんはバケツを地面に置き、ジュニアと恒例のジャンピングごっつんこ。

「……これ、誰かに見せられている幻じゃないのかな？　どうして、レミエルが家庭菜園？　ゼウスの赤ちゃんをおんぶ？」

レミエルはグレーのジャージの上下に身を包み、光り輝く金髪を結び、手を泥だらけにして肥料をやっている。背中にはゼウスの落とし胤《だね》だという双子の赤ん坊のひとり。どこからどう見ても、氷の如き元御前の天使には見えない。

「俊介くん、来ていたのか？」

直太朗に声をかけられ、俊介は胡乱《うろん》な目で見つめた。肩には光り輝く天使、背中にはもうひとりの双子の赤ん坊。

「直太朗くん？　僕の知っている直太朗くんかな？」

触って確かめようとしたが、すんでのところで手を引いた。

「……どうしたんだ？　昨日、俊介くんに急用ができてチビタと一緒に帰った、ってレミエルさんから聞いた。みんな、寂しがっていたんだ」

直太朗にしてみれば、昨日、俊介とジュニアは夕食直前に挨拶もせずに帰宅してしまった。俊介は今でも人間界と魔界の時間の流れ方がわからない。ただ、さして変わらないような気がした。今回、アスタロトが記憶を操作していないような感じだ。

「レミエルはそのまま？」

「チビベルが寝こんだから、ふたりともうちに」

アスタロトが言った通り、ベルフェゴールは結界の修復で魔力を使い果たしたのだろう。

「チビベルの容態は？」

「もう大丈夫みたいだけど、大事を取って休ませている。なっちゃんのお医者さんごっこにつき合っているよ」

ベルフェゴールがおしゃまな女児につき合っているのならば心配ない。俊介は安心したが、安心できない。

「……あ、あの……いろいろあった……よな？」

いつしか、再会ではしゃいでいたジュニアやかっくん、子供たちはレミエルの指示に従って肥料や水をやっている。ホースが届かないから、人海戦術のバケツだ。犬や猫も邪魔せず、それぞれ尻尾を振りながら見守っていた。

「……うん、野菜が高くて手が出ないと、愚痴を零したら、レミエルさんに怒られた」

直太朗はどこか遠い目で、俊介とジュニアがいなかった時間について語りだした。

『レミエルさんのおかげで予想以上の寄付金が入ったけど、肉や魚どころか野菜も高すぎる。もやしまで値上がり……どうしよう』

直太朗がスーパーのチラシを前に頭を抱えると、レミエルは淡々と言ったという。

『園長、自分の手で育《はぐく》めばよい。幸いにも土地はある』

レミエルは敷地内にある広い花壇に視線を流した。もっとも、花壇といっても何も植えられておらず、繁殖力の強い雑草が生えている。裏手にも雑草が生い茂る空き地があった。いくらでも農地代わりの土地はあるのだ。

『子供たちが……犬や猫もいるから家庭菜園は無理だ』

タイミングがいいのか、悪いのか、子供たちがハスキー犬とともに花壇で暴れだした。猫は雑草に噛みつく。

『子供たちに緑の大切さを教えよう。幼くても自分たちが育てている緑を踏み荒らさぬであろう。そのような悪《あ》しき子、いると思わず』

『レミエルさん、子供たちの教育をお願いしてもいいですか?』

『子供たちは我が諭す。犬や猫はいたしかたなし。なれど、手は尽くす』

レミエルは有言実行。

子供たちを辛抱強く諭し、一緒に土を耕し、種や苗を買って植えた。犬や猫にも真剣な顔で語りかけたという。

　そこまで直太朗は語ると、感激したようにレミエルを称えた。

「レミエルさんは素晴しい。あのやんちゃ軍団まで踏み荒らさないんだ。今までなら植えた日に暴れていたのに……」

　俊介は話の途中からひっかかっていた素朴な疑問を口にした。

「……その、そんなに野菜は高いのか？」

　俊介は直太朗の大きく開けた口を見た瞬間、後悔した。聞いてはいけないことだったのか、と。

「……………………お、お坊ちゃま、クズ野菜も高いんだ。家政婦さんにでも聞いてください」

　直太朗は背中の赤ん坊のバタバタで我に返ったらしい。

「……そうなのか」

「もやしだけは安かったのに、もやしまで値上がりしたんだ」

「そうか」

「でもレミエルさんのおかげで解決しそうだ。素晴しい人を紹介してくれて本当にありがとう」

「……よかった」

レミエル、すごい。あっという間に馴染んでいる。

レミエルにこんな才能があったなんて、と俊介は心の底から驚いた。感心したし、嬉しくなった。

僕も手伝おう、と俊介が袖をまくった途端、直太朗に埴輪《はにわ》色の顔で止められた。

「お坊ちゃまは手伝わず、お茶でも飲んでいてくれ」

お坊ちゃま、の呼び方に妙な力が込められている。

「直太朗くん、僕にも手伝わせてほしい」

「お坊ちゃまには無理だと思う。また子供たちを泣かせる気か？」

直太朗には針仕事流血事件のトラウマが大きいらしい。俊介の指先を確かめる目は血走っていた。

「レミエルができるなら、僕もできると思う」

「俊介くんとレミエルさんは全然違う。レミエルさんは人形みたいに綺麗だけど逞《たくま》しい
……体育会系かな？」

「レミエルが体育会系？　違うと思うよ」

俊介は首を振ったが、直太朗の視線の先は左右の腕にやんちゃ坊主キング組をぶら下げ

た美形だ。何かやらかしたらしいジュニアとかっくんは花壇の外に置かれた。ポンッ、と。

しかし、やんちゃ坊主キングはリターンマッチを挑んだ。

「チビベルママっ」

やんちゃ坊主キングコンビは同時にレミエルにタックル。

「レミエル、危ないっ」

俊介は血相を変えたが、レミエルは無表情で軽く躱し、ふたりを軽々と担《かつ》ぎ上げた。そのまま悠々と歩き、洋館内に入っていく。どうやら、ベルフェゴールの寝ている部屋に運んだらしい。

すぐにレミエルは戻ってきて、子供たちと一緒に土と向き合った。

「……レミエルさん、細いのに力がある。体力もある。身体能力はアスリート並じゃないかな」

「……そ、そういえば……」

レミエルは力自慢の天使軍を率いてサタンと戦ったとか、強かったとか、サタンが初めての敗北とか、聞いたような気がする、と俊介は元御前の天使について思いだす。楚々《そそ》とした外見からイメージできない武勇伝が多かった。

「直太朗お兄ちゃん、お電話でちゅ～っ」

ツインテールの女の子が呼びにきたから、直太朗は背中の赤ん坊を気遣いながら駆けだす。グリーンホームの園長には一息つくまもない。

チビベルは大丈夫かな？

まさか、チビタとかっくんはチビベルの前で暴れていないよな、と俊介も洋館に向かって足早に進む。ベルフェゴールの無事も確認したい。

「ママ、ママ、ママ〜っ」

大きな菩提樹の後ろから、ジュニアがひょっこりと顔を出す。

「……チビタ？」

かっくんと一緒にチビベルのところじゃなかったのか？

あっちのドアから回ってきたのかな、と俊介は洋館の構造を思いだした。創設者の心意気が残る古い建物は不便なようで便利だ。

「ママ、チビタの嫁」

ジュニアはいつもと同じように飛びついてきた。

「……チビタ？　……チビタ？」

スリスリスリスリ、と胸に顔を擦り寄せるジュニアに俊介は違和感を抱く。姿形は紛れもない愛し子だがどこか違うのだ。

「ママのおっぱい」

小さな手で胸を撫でられた時、俊介の肌に鳥肌が立った。

その瞬間、鳥に扮した全知全能の神が頭を過ぎる。

「……ま、まさか……ゼウス？」

俊介が胸にいる幼児を見つめ直した時、ジュニアが野獣のような顔で走ってきた。その手には洗面器。

「ママ、チビタの嫁。嫁ーっ」

俊介は洗面器を振り回すジュニアと胸で甘えているジュニアを交互に眺めた。

「……あ、チビタがふたり？　やっぱり、こっちがゼウス？」

油断した。

まさか、チビタに化けるとは思わなかった、と俊介は慌てて胸のジュニアを菩提樹の根元に置いた。

けれど、拗《す》ねるように抱きつく。

間髪入れず、ジュニアが洗面器でぱこっ。

「おっちゃん、めっ、めっ、めっめっめっめっめっめーっ」

ぱこぱこぱこぱこっ、という洗面器攻撃にゼウスは変身を解いた。黄金の煙の中、オリユンポスの神の王が現われる。

「チビタ、おっちゃんはママに用事があるんだよ。キューピッドと仲良くしていておくれ」

ゼウスは宥《なだ》めようとしたが、ジュニアの洗面器攻撃は止まらない。

「おっちゃん、ちんちん、めーっ」

「パパに教えてもらったんじゃないのかい？　おっちゃんにはどんな攻撃をしても無駄だよ。チビタが疲れるだけ。チビベルみたいに消滅寸前まで魔力を使うかね？」

魔界の西域まで見通しているのか、ゼウスはしたり顔で脅した。それでも、ジュニアは怯《ひる》まなかった。

「おっちゃん、ちんちん、めっめっめっめっめっめっめーっ」

ジュニアに呼ばれたのか、何か感じたのか、寝こんでいたはずのベルフェゴールも建物から飛びだしてきた。その手には枕。

「……お、おっちゃん……びぇぇぇぇぇぇぇ～ん」

ベルフェゴールは勇ましくジュニアの隣に立ったものの、ゼウスの顔を見た途端、泣きだした。これぞ、泣き虫大魔王。

「これこれ、チビベル、おねんねしてなきゃ駄目だよ。わしの雷を排除するのに奈落の底に落ちかけたじゃろう」

ゼウスはやれやれ、といった風情でベルフェゴールの顔を覗きこんだ。

「……びぇぇぇぇぇぇ～ん」

ばこっ。

ベルフェゴールは泣きじゃくりつつ、枕をゼウスの顔にお見舞いした。泣き虫大魔王は確実に成長している。

「あ～っ、おっちゃんのちんちんがチビタママにご用を果たすまで、ふたりはキューピッドと一緒におねんねじゃ」

ゼウスが指を鳴らすと、ジュニアとベルフェゴールは黄金の煙に包まれた。叫ぶ間もなく、忽然と消える。

「チビタ、キューピッドに弓矢を返すんじゃ。いいな。そうでなければ、アレスがパパを嬲《なぶ》り殺すぞ」

ゼウスは青い空に向かって懇々《こんこん》と諭す。アレスはキューピッドの本当の父親である軍神だ。ゼウスと正妻ヘラの息子である。

「……チビタ？　チビタとチビベルをどこにやった？」

俊介が逆上すると、ゼウスは手をひらひらさせた。

「キューピッドに弓矢を返して、ごめんなさいタイムじゃ」

ゼウスに抱き締められそうになり、俊介はすんでのところで身を引いた。二度と触れられたくない。

「僕に指一本、触れるな」

「わしに逆らうならチビタを消す。チビベルの前でな」

ゼウスは下卑《げひ》た笑みを口元に浮かべ、果てしなく続く空を指で差した。力の差は説明されなくても知っている。

それでも、俊介は屈しなかった。

「チビタは消せません」

僕のチビタはそんなに弱くない。

あの子は僕を守るために生まれたんだ、と俊介は心胆《しんたん》から力んだ。生誕時に与えられた使命は永遠。

「施設を消してもいいのか？」

「オリュンポスは悪魔より劣る外道《げどう》ですか？」

「俊介がわしに逆らうからじゃ」

ゼウスは不服そうに眉間の皺を深くする。自分の意のままにならない人間の存在が理解できないようだ。

「僕にはアスタロトだけです」

「なら、わしをアスタロトだと思え」

ゼウスはなんの躊躇《ためら》いもなくアスタロトに変身した。ムードも仕草も魔界の大公爵そのもの。

けれども、俊介には嫌悪感しかない。

「僕をヘラクレスの母と同じだと思わないでほしい」

オリュンポスの最高神は夫に化け、妻の身体を奪って身籠らせた。最強にして最強の英雄の誕生だが、ゼウスの行動は褒められたものではない。

「強情な。これでどうじゃ？」

パチン、とゼウスは傲岸不遜《ごうがんふそん》な目で指を鳴らした。突風に煽られ、菩提樹も欅《けやき》もざわざわとざわめく。

洋館の大きな窓から、小学五年生の男の子が大声を張り上げた。

「チビベルママ、チビベルママ、直太朗お兄ちゃんが倒れた。来てーっ」

「チビベルママ、直太朗お兄ちゃん、助けてーっ」

「チビタママ、直太朗にいに、おっきちないーっ」

レミエルは泥がついた手を拭いもせず、子供たちとともに洋館に駆けこむ。犬や猫たちにしてもそうだ。

「卑怯《ひきょう》」

俊介は怒りが大きすぎてどうにかなりそうだ。

「神に逆らうからじゃ。ほれほれ、ここでよい。ここでよいからわしに可愛いところを見せてごらん」

アスタロトと一緒に食べた葡萄が胃から逆流しそうになった。俊介は慌てて口元をハンカチで押さえる。

「……気持ち悪い」

ベリアルやサタンに迫られた時でも、ここまで胸は悪くならなかった。

「つわりにはまだ早いぞ」

ゼウスは楽しそうに言うと、見ろ、とばかりに菩提樹を叩いた。

「……ほれ、わしをアスタロトだと思うんじゃ。ここの木に手をついて、こう腰をつきだして、秘める蕾《つぼみ》を開いてごらん……ほれほれ、早うせんとヘラに気づかれるんじゃ」

「……は、吐く……」

俊介がせり上がる胃液に耐えていると、そんな季節でもないのに太陽の光が地面を照りつけ、どこからともなく月桂樹の香りが漂ってくる。

ぶわっ、と灼熱の太陽の如き美青年が現われた。男性美の象徴として古来より謳われているアポロンだ。

太陽の効果か、瞬く間に俊介の体調は回復した。

「ゼウス、戻れ。アレスがアスタロトに負けて、アテナがベリアルに負けた。ポセイドンも危ない」

アポロンは俊介に目もくれず、父神であるゼウスに言い放った。オリュンポスの苦戦に焦っているようだ。

「アポロン、これこれ、空気を読め。だから、そなたの恋はいつも実らぬ」

ゼウスが揶揄《やゆ》したように、アポロンの恋は儚《はかな》くも悉《ことごと》く散っている。

「そんな場合か？」

「見ればわかるだろう。わしと俊介は愛し合おうとしているんじゃ」

ゼウスに肩を抱かれそうになり、俊介はすんでのところで躱した。全身全霊を傾け、睨みつける。

「拒《こば》まれているように見える。ダフネのように月桂樹になるぞ」

アポロンに俊介の気持ちは届いたが、肝心のゼウスには届かない。

「俊介はわしを焦らしているだけ」

ふぉっふぉっふぉっ、とゼウスは高笑いした。自分の息子や娘が敗戦して逃走しているという危機感は微塵もない。

「アポロン、神を名乗るならゼウスを連れて帰ってください。二度と僕の前に現れないようにしてください」

ゼウスは駄目だ、時間の無駄、と俊介はまだ話が通りそうな太陽神に視線を流した。

「大公爵の妻だな？」

アポロンに真正面から見つめられ、俊介は臆《おく》せずに返した。

「はい」

「大公爵は戦争を避ける気はなかったのか？　私を、私たちを油断させるために友好的な態度を取ったのか？」

騙された、とアポロンは悔しそうに腕を震わせる。オリュンポス代表として魔界代表のアスタロトと話し合いのテーブルについたのはつい先日。

「知りません」

「大公爵に手玉に取られた私が愚《おろ》かか？」

「僕に言われても困る」

「魔界とオリュンポスが戦えば、人間界の被害が大きい。わかっているのか？」

アポロンは父親と違って人間を愛し、人間界を守ろうとしている。ゼウスとサタンの正面衝突により、真っ先にダメージを受けるのが人間界だと予知していた。

「僕、どんな戦争も反対します。人間に被害がある戦争をしてはいけません。……ただ、ゼウスはひどすぎます。神を名乗る資格はない」

「ゼウスを煽るだけだから、やめたほうがいい」

アポロンが溜め息混じりに言うと、ゼウスは堂々と言い放った。

「……そう、わしを誘惑したのは俊介じゃ。わしの想いを受け入れぬ限り、チビタは返さぬぞ」

「ゼウス、チビタに何かしたら許さない。たとえ、神だろうが許されない。奈落《ならく》の底に落ちる覚悟をしろ」

俊介はゼウスの脅迫に屈しなかった。しかし、心は愛しい我が子を思って涕泣《ていきゅう》していた。

「俊介、チビタを返してほしければわかっとるな」

「ゼウス、ポセイドンがサタンに遊ばれている。早くっ」

アポロンは悲痛な顔つきでゼウスを絡め取り、ぎらつく太陽の光とともに消えた。

まるで何事もなかったかのように静まり返る。

……否、直太朗を案じる子供たちの声が響き渡る。レミエルが宥め、対処しているようだ。

……レミエル、頼む。

直太朗くんやグリーンホームのことはレミエルに任せる。

僕がしなくちゃいけないこと、と俊介は心の底から湧き上がる怒気を抑えきれず、菩提樹に向かって怒鳴った。

「アスタロト、何をしているーっ」

ひらひらひらひらひら〜っ、と菩提樹の葉が宙を舞う。白い鳥が飛んできたから身構えた。

しかし、白い鳥は紫色の鳥になり、魔界の大公爵の姿になった。俊介が心魂から呼んだ愛しい大悪魔だ。

「我が妻、呼んだか?」

「アスタロト、遅い」

「サタン様がポセイドンを始末しようとするから止めていた」

ポセイドンは利用価値があるから無にできぬと申したのに、とアスタロトは独り言のように続けた。敵と戦うより、自軍の総帥を扱うほうが厄介だ。

「……は?　そんなことより、チビタとチビベルがっ」

どうしてもっと早く来ない、と俊介はアスタロトの襟首を掴む。オリュンポスがどんなところか、わからないだけに恐怖は募る。

「案ずるでない。吾子は己の無力を認め、ベルフェゴールの力を借りて策を練った」

くっくっくっくっくっ、とアスタロトは喉の奥だけで笑った。後継者教育の成果に満足している。

「……わざと、ってこと？」

はっ、と俊介も思い当たった。

「いかにも」

「どうする気だ？」

「吾子は我に指示を出した」

この我によくも、とアスタロトはどこか楽しそうに目を細める。後継者の打てば響く聡明さに感心している。……ように見えるが、どこか違うような気もしないでもない。

「アスタロトに指示？　どんな指示？」

ワガママ大魔王の立てた作戦など、俊介は怖すぎて想像さえできない。

「そなたはレミエルとともにグリーンホームに避難」

「それはいやだ」

俊介が目を三角にして拒むと、アスタロトは菩提樹に触れた。太い幹にできた鏡にはかけがえのない一粒種が映しだされる。

『ママ、ママ、ママーっ』

ジュニアは何もなかったかのように笑顔全開で手を振っている。

『チビタのママ、チビタママ』

魔界の大公爵の右隣には弟分のベルフェゴール、左隣には金髪碧眼の愛くるしい天使。

『チビタママ、初めまちて』

純な目で投げキッスを飛ばされ、俊介は思い切り戸惑った。

「チビタにチビベルに……あの子はキューピッド？」

愛と美の女神のアフロディーテが夫の目を盗み、軍神アレスと愛し合って生まれた子供がキューピッドだ。どんなに時が経っても成長せず、永遠の悪戯《いたずら》っ子。

「いかにも」

「……キューピッド、またあの子？」

改めて見たらラファエロが描いたキューピッドそっくり、と俊介はかつて感動したルネサンスの最高傑作の一枚を思いだした。

「ゼウスの浅知恵、破れたり」

「どういう意味？」

「吾子とキューピッドを争わせたかったのであろう」

ワガママ大魔王とオリュンポス随一の悪戯っ子が出逢えば、熾烈《しれつ》な大喧嘩を繰り広げると踏んだのであろう。……否、戦いの場がオリュンポスだから、魔物が負けると予測したのかもしれない。

「……仲いいよな」

俊介の目にはジュニアを挟んで三人、とても仲がよく見える。それぞれ、同じタイミングで同じように手を振り、何か伝えようとしている。

……が、俊介には何がなんだかわからない。

しかし、アスタロトはすべて解釈したようだ。

「吾子、やりおる」

「チビタ、何をしているんだ？」

チビタがキューピッドの弓矢を持って、チビベルが枕を抱えて、キューピッドが洗面器を振り回している？

三人とも三回ジャンプして……あ、すごい美人が来た？

キューピッドが『かあたま』って呼んだからアフロディーテかな、と俊介は愛と美を司る女神をじっと見つめた。

縋るように、アスタロトの腕を掴む。

何せ、桁外れの嬌艶《きょうえん》さに目が離せない。アスタロトの美貌にも慣れないが、美の女神の色気は傑出している。別名は『男を殺す神』だ。

神であれ人間であれ魔物であれ、男ならばアフロディーテに誘惑されたら抗うことは不可能。そんな説を思いだした。身につけている宝帯に魅力を倍増させる力があるという。

ゼウスが交換条件に出した理由がわかる。

美の女神をよく拒めたな、と俊介は躊躇《ためら》いもなく断わったアスタロトの愛も改めて感じた。

『キューピッド、この子たちはどうしたの?』

アフロディーテが不思議そうに尋ねると、キューピッドはどこか誇らしそうに答えた。

『かあたま、友達』

キューピッドの紹介に呼応するように、ジュニアとベルフェゴールは美の女神に向かってペコリ。

これはグリーンホームで身につけた礼儀だ。

『お友達なの? ……悪魔の血を感じるわよ?』

オリュンポスがいくら緩くても、悪魔の出入りは許可されていない。第一、神々の強固な結界でどんな魔王も侵入できない。ジュニアとベルフェゴールのように最高神に放りこまれなければ。

『なかよちになった』

『……もぅ、この子は困ったわねぇ。アレスがアスタロトに大敗して大変なのよ。アテナもベリアルに負けたから大騒動……あのディオニソスやアルテミスまで戦の準備をするなんてびっくりしたわ』

アスタロトやベリアルの猛攻は、オリュンポスの神々を震撼させたようだ。酒と酩酊《めいてい》の神まで臨戦態勢を取ったのだから。

『大変？』

キューピッドの目がぐるぐる。

『アスタロトとベリアルは美しいだけの悪魔じゃなかったみたいね。……ふふっ、果物でも食べる？』

アフロディーテは艶っぽく微笑み、小悪魔二匹に飲み物や果物を用意した。愛息の友人をもてなす母親だ。

『坊や、お名前は？』

アフロディーテが優しく頭を撫でながら聞くと、ジュニアは元気よく答えた。

『チビタ』

アフロディーテの視線と手に応じ、ベルフェゴールもはにかみながら名乗る。

『……チビベル』

『……まぁまぁ、チビタもチビベルも可愛いこと。オリュンポスの果物は美味しいのよ。たくさん召し上がれ』

アフロディーテは甲斐甲斐しくジュニアやベルフェゴールをもてなす。キューピッドも楽しそうにお喋り。

まるで子供たちの可愛いお茶会。

……こ、これは……楽しそうな……これ、そんな場合じゃないけれどこれは、と俊介も微笑ましくなってきた。

『アフロディーテ、そこまでぞっ』

一瞬にして、微笑ましいお茶会を破壊する女神が踏みこんできた。一目で女神の最高位にいるヘラだとわかる。

『ヘラ、どうなさいました？　いつも以上に怖いお顔』

『そこな、魔物二匹、捕獲せい』

　ヘラはヒュドラを見つけたような表情で、ジュニアとベルフェゴールを差した。背後で控えていた戦闘兵が槍を構える。

『キューピッドのお友達ですわ』

『痴れ者、サタンの子とアスタロトの子ぞ。嬲り殺しにしても飽《あ》き足らぬ』

　結婚の女神は怒り心頭、美と愛の女神はのほほん。

『……まぁ、魔王と大公爵の子供がこんなに可愛いなんてびっくりしましたわ。嬲り殺すのは勿体ないですわよ。キューピッドの遊び相手にください』

『お黙り。小悪魔二匹、捕獲せよっ』

　ヘラがヒステリックに命じると、戦闘兵が黄金の鎖でジュニアとベルフェゴールを拘束した。……否、ジュニアにくっついたキューピッドまで一緒に。

『ヘラ、ひどいわ』

　アフロディーテは悲鳴を上げたが、ヘラは腕を組んだ態勢で鼻を鳴らす。

『悪魔など汚らわしい。キューピッドも頭を冷やすいい機会……う？　……何者？　……誰ぞ？』

　ヘラがアスタロトの存在に気づくや否や、菩提樹の鏡は跡形もなく消えた。アスタロトも深追いはしない。

「……え？　ヘラに気づかれた？　チビタとチビベルが……」

俊介から血の気が引き、アスタロトに寄りかかる。何せ、ヘラの逆鱗に触れた神や人間の末路は悲惨だ。子供相手でも容赦しないから。

「案ずるな」

アスタロトに強く抱き締められたが、俊介は生きた心地がしない。

「……は、早く、助けろ」

「吾子の策に乗らぬ理由はない」

手を貸してやる、とアスタロトは紫水晶のような目でオリュンポスにいる後継者に語りかけた。

「どんな策？」

俊介はセクハラ大魔王をよく知っているだけに胸騒ぎがする。ヘラの怒りに火を注ぎそうな予感。

「そなた、聞かぬほうがよい」

アスタロトは楽しそうに凄絶な色気を漲らせる。大悪魔にとっては満足できる策なのだろう。

「……そ、そんなにひどい作戦？」

「そなたに阻む理由はない」

「……とりあえず、チビタとチビベルを助けろ。直太朗くんも無事だな？」

大きな不安と心配、すべてアスタロトへの信頼で深淵に押しこめる。

「案ずるな」

「……うん、信じる」

「そなたにも見せてやる。我の妻に手を出した愚か者の末路を」

アスタロトが艶冶《えんや》な微笑を浮かべた瞬間、俊介の踏みしめている場所が変わった。

7

一秒かかったのか？

瞬きするまもなく、オリュンポスの神殿。

玉座にはゼウスとヘラ、美の女神であるアフロディーテに太陽神のアポロンや豊穣《ほうじょう》の女神のデメテルなど、錚々《そうそう》たる神々が揃っている。

……眩しい、と俊介はあまりの神々しさに目が開けていられないし、足が竦んで立っていられない。アスタロトの支えがなければ、崩れ落ちていただろう。

もっとも、アスタロトはいつもと同じように泰然自若《たいぜんじじゃく》。

「ヘラ、並びに出迎えの神々、大義」

アスタロトは故意に最高神ではなくその正妻の名を口にした。

「魔界の大公爵、よくもぬけぬけと」

ヘラは憤怒《ふんぬ》の形相でアスタロトを睨み据える。隣のゼウスは手で顔を覆いつつ、俊介を舐めるように見つめた。

　ゾクリ、と俊介の背筋に冷たい物が走る。

　ヘラの前でも、と俊介は改めて最高神に対する怒りがこみ上げた。アスタロトの背中に腕を回す。

「吾子、魔王の子、迎えにまいった」

　アスタロトが一歩踏みだすと、ヘラは荒い語気で言い放った。

「罰を与えねばならぬ」

　武装した戦闘兵たちに運ばれてきたのは黄金の檻だ。中にはジュニアとベルフェゴールにキューピッド。

「……っ……チビタっ」

　黄金の檻に愛し子を見つけ、俊介は気を失いかけた。……が、アスタロトに優しく腰を抱き直されて自分を保つ。

　ここで倒れている場合ではない。

　アスタロトがいるから大丈夫、疑ったらアスタロトは怒る、アスタロトを信じていればいい、と。

「吾子と魔王の子、どのような罪を犯した？」

「わらわを侮辱した」

ヘラが柳眉《りゅうび》を吊り上げて答えた途端、黄金の檻にいるジュニアが天使のような笑顔で言った。

「ヘラおばちゃん、おしっこ。おばちゃんの顔、おばば、鬼ばば。おばばちゃん」

ベルフェゴールはアスタロトやゼウスを見て涙ぐんでいるが、キューピッドは意気揚々と騒ぎだした。

「ヘラばばあのブス。ブス。ブス。地べたに落ちたうんこ。おしっこ。ヘラばばあ、うんこブス～っ」

ジュニアとキューピッドの言葉を聞き、失神しそうになったのは俊介のみ。

……チビタ、やめろ。

誰がそんな言葉を教えた？

よりによってヘラ相手に……あのヘラだぞ……赤ん坊に毒蛇を送りこんだヘラになんてことを、と俊介は口をパクパクさせてアスタロトに縋りついた。

ヘラは耳まで真っ赤にして、檻の中の子供たちを睨みつける。

ベルフェゴールは嗚咽《おえつ》を零《こぼ》しているが、ジュニアとキューピッドの口は止まらない。

「ヘラおばちゃん、うんこ。どっぽん。鬼ばばの顔。ないないちて」

「ヘラばばあ。うんこのうんこ。オリュンポスの恥。ないないちろ」

誰か止めてくれ、と俊介は周囲を見回した。

ゼウスを筆頭にアフロディーテもアレスもアポロンもアルテミスもデメテルもディオニソスも、どの神も微動だにせず立ち尽くす。誰も子供たちの口を封じようとしない。……できないのだ。少しでも何かしたら、とばっちりを受けそうで。

それだけヘラの怒りが怖い。

ゼウスも王者の風格を漂わせているようで小さくなっている。俊介を口説いていた時の尊大さはない。

「チビタのママ、綺麗。優しい。ヘラおばちゃん、うんこ顔。ヘラおばちゃんのおっぱい、毒蛇」

「チビキューのママ、一番綺麗。一番優しい。ヘラおばちゃん、化け物顔。ヘラおばちゃんのおっぱい、しわしわ」

……も、もう駄目だ。

チビタは僕が止めないと、と俊介が黄金の檻に近づいて注意しようとした時。

ピンと張り詰めた緊張の糸をアスタロトがばっさり切った。

「罪に当たらず」

「わらわを侮辱した罪は重い」

「童の戯れ言なり」

事実ではないか、とアスタロトは暗に匂わせている。

「偉大なる女神ヘラ、親愛なるお母様」

出産の女神のエイレイテュイアと青春の女神のヘーベーが怖々とヘラに近寄り、必死になって宥めだした。出産の女神と青春の女神はゼウスとヘラの娘だ。炉《ろ》の女神のヘスティアも加わったが、ヘラの腹の虫は収らない。

「……アスタロト、そなたの妻、わらわの夫を誘惑した。その罪も子に償わせる」

ヘラはアスタロトと俊介を交互に眺めながら金切り声で言った。あまりの不条理さに俊介の心胆が軋む。

「ヘラ、俊介は私を心から愛する妻なり。私の妻に手を出そうとしたゼウスに罪を償わせる」

アスタロトが堂々と言い返すと、ヘラは頬をヒクヒクさせた。

「悪魔風情《ふぜい》が……」

「どちらに非があるか、わかっておろう。我が妻はゼウスを拒み続けた」

「俊介も許せぬ。ゼウスを惑《まど》わした」

「ヘラ、罰する相手を間違えるな。大迷惑」

「その物言いが気に食わぬ」

きーっ、とヘラが歯軋りをして、合図を送れば瞬く間にアスタロトと俊介は屈強な戦闘兵に囲まれる。

アレスやアテナがアポロンの背後から現われた。

「アスタロト、先ほどの戦いでは遅れを取ったが二度目はない。覚悟しろ」

オリュンポスと魔界の戦争。

軍神アレスは先陣を切ったが、アスタロトに見るも無惨な大敗を喫した。ヘラクレスの助力を得て、命からがら退却している。

「アレスよ。戦いを司る神というから楽しみにしていたが、ことのほか弱くてつまらなかった。軍神らしき戦いを見せよ」

アスタロトがほくそ笑むと、アレスは端整な顔を歪めた。

「……こ、この……悪魔め……」

「軍神の逃亡劇は見応えがあった。我が与えた傷、ゼウスに癒してもらったのか？」

「……こ、この……悪魔の分際で……」

アレスが剣を抜くと、アスタロトは口元を緩めた。俊介はただただ命のない人形のように固まっているだけ。

「アレス、わしにやらせろ」

ミシミシミシミシッ、という不気味な地鳴りとともに真っ二つに割れた床から現われたのは、海や水を司る神のポセイドンだ。ゼウスの兄であり、ゼウスに次ぐ力を持つ。

「ポセイドン、どうした？」

サタンに負けて敗走していたはず、とアレスは低い声でボソボソ続けた。どこからともなく飛んできた白い鳥がライオン像に止まる。

「アスタロトはわしの手で奈落の底に送らねば気がすまぬ」

「ポセイドン、アスタロトは俺の獲物だ」

「お主ではアスタロトに敵わぬ。下がっておれ」

海の支配者が凄まじい形相で、アスタロトに三叉《みつまた》の槍を向けた。

アスタロトと俊介が立つ床が割れ、海水が勢いよく噴きだす。円柱が何本もけたたましい音を立てて倒れた。

「ポセイドン、神殿を壊さないで」

ヘラの注意が飛ぶや否や、アスタロトと俊介は海底に沈んだ。

目の前に迫る双頭の鮫。

にょろにょろと伸びてくる巨大なタコの二百本の足。

だが、息苦しくない。

「ポセイドン、破れたり」

アスタロトが悠然と言った途端、俊介は海底から戻った。目の前では憮然とした面持ちのヘラや口惜しそうなポセイドン。

「アスタロト、次は本気でやるぞ」

「望むところ」

アスタロトとポセイドンが闘志を燃やし合うと、檻の中、ふたたび、ジュニアが大声を張り上げた。

「チビタ、チビタ、チビタ」

「チビキュー、チビキュー、チビキュー」

キューピッドも目をキラキラさせて騒ぎ、ジュニアと勢いよくごっつんこ。

アスタロトが耳の紫水晶を輝かせ、黄金の檻を木っ端微塵に破壊する。子供たちは手を繋いで仲良くジャンプ。

「パパ、ママのおっぱい、干し葡萄」

「チビタパパ、ママのおっぱい、メロン」

ジュニアがキューピッドの弓矢を構え、ゼウスに向けて黄金の矢を放った。涙目のベルフェゴールとキューピッドも真剣な顔で同時に飛び跳ねる。

「チビベル、ぱんぱんぱんぱん」

「チビキュー、ぱんぱんぱん」

アスタロトも左右の手の紫水晶を輝かせ、ゼウスに放たれた黄金の矢に魔力を注いだ。

ポセイドンの頭上にいた白い鳥が黒い蝙蝠《こうもり》になり、ゼウスの身体を漆黒のオーラで包みこむ。

「ゼウス」

ポセイドンが顔色を変えるや否や、ゼウスの胸に黄金の矢がズブリ。

「……うほっ？」

ゼウスの胸に突き刺さった黄金の矢は音もなく消えた。

トンッ、とアスタロトがポセイドンの背中を押してゼウスの前に。

「……うっ」

ポセイドンとゼウスの目が合った。

長いようで短い一時。

「……ポセイドン、惚れた。惚れたぞ」

がばっ、とゼウスはポセイドンに勢いよく抱きついた。

「……ゼウス？」

ポセイドンはゼウスを引き剥がそうとした。

しかし、筋骨隆々の手足は絡みついて離れない。

「わしは久しぶりに燃えた。兄者、わしの愛を受け取っておくれ」

ゼウスの情熱的な告白に腰を抜かしそうになったのは俊介だけではない。ヘラを始めとする神々の口はポカンと開いたまま。

してやったり、とばかりに笑ったのはジュニアとキューピッド。

「ゼウス、血迷ったか？」

ポセイドンは豹変した弟神に焦りまくった。

「ポセイドン、もう何も怖い物はない。すべてを捨てて、ふたりきりで愛し合おうぞーっ」

うぉぉぉぉぉぉぉぉぉ〜っ、というゼウスの雄叫びには愛欲が漲っている。股間の一物も滾りまくり。

「ゼウス、血迷うなーっ」

ポセイドンが力任せにゼウスを引き剥がそうとすると、神殿が大きく揺れ、凄まじい爆音とともに天井が落ちた。

「……ひっ」

「ポセイドン、暴れないでーっ」

「ポセイドン、天界で地震を起こすのはやめてちょうだいーっ」

神々たちはそれぞれ躱し、倒壊から自分を守る。

アスタロトに守られ、俊介も無傷だ。

粉塵の中、黒い蝙蝠《こうもり》は黒いオーラを撒き散らしながら、凜々しい美青年の姿になった。

魔界の支配者であるサタンだ。

「怪物を大量生産したポセイドンならできる。ヤれ～っ」

サタンが腹を抱えて笑うと、ポセイドンは三叉の槍で地面を突いた。凄まじい津波に呑み込まれる。

……否、サタンが漆黒の魔力で阻んだ。

「サタン、キサマの仕業か」

白い鳥に変身し、オリュンポスに侵入したサタンの魔力がなければ、ゼウスに黄金の矢を命中させることは難しかったかもしれない。

「こういうことを考えるのは俺じゃない」

サタンが手をひらひらさせると、ポセイドンは澄ましているアスタロトを横目で睨んだ。

「アスタロトか？」

アスタロトが黄金の矢に魔力を注いだのは明白。

「我に非《あら》ず」

ふっ、とアスタロトは鼻で笑い飛ばすと、ジュニアはにんまり。

「……おいおい、そんなことはどうでもいいだろう……っと、そこだ、オリュンポスの種馬、ポセイドンを孕《はら》ませろ」

サタンは右の拳を高く掲げ、ポセイドンに漆黒の鎖を巻きつける。ゼウスはポセイドンの股間を鷲づかみにした。ぎゅっ、と。

「サタン、それでも魔界の統治者かーっ」

ボコッ、とポセイドンは股間を死守するため、全宇宙の支配者の脳天を殴りつける。

ズドドドドドドドドド、という地鳴りとともに大地が大きく揺れ、頑強な戦闘兵を吹き飛ばす突風が吹いた。

「……ひっ……ひーっ……ポセイドン、やめてぇぇぇぇーっ」

「……きゃーっ、ポセイドンが荒れたらすべて荒れるわ。助けてーっ」

「……い、い、偉大なるゼウス、正気に戻ってくださいーっ」

花の女神や虹の女神など、力の弱い女神たちも強風で倒壊した円柱とともに飛ばされる。

海も大地も切り裂くポセイドンの力は苛烈だ。

　アポロンやアレス、アテナが必死になって神殿を守ろうとしている。つまり、誰もゼウスとポセイドンを止めようとしない。ヘラでさえ、止めることができず、精一杯の防御のみ。

「……あぁ、ポセイドンもオリュンポスの種馬だよな。種馬兄弟、ヤりまくれーっ」

　サタンが高らかに煽ったように、海のゼウスという異名を持つ海王は数多の愛人を持つ。子供には怪物や乱暴者が多かった。

「サタン、魔力を抑えろーっ」

「こんな楽しいの、見物できるとは思わなかったぜ〜っ」

　がはははははははははは〜っ、とサタンは巷のオヤジのように笑い続ける。楽しくてたまらないようだ。

「サタン、許さぬぞ」

　ポセイドンは凄絶な怒気を漲らせると、絡みついて離れようとしないゼウスを抱えて走りだした。

「ゼウス、何をしている。さっさとヤれーっ」

　サタンは楽しそうにポセイドンとゼウスを追う。ポセイドンを魔力で抑えこみ、ゼウスに本懐を遂げさせるつもりだ。

オリュンポスが割れる、スキャンダルになるだろう。

もっとも、ポセイドンが一陣の風の如く去ったから、神殿の激震は止まった。神々は安堵の息をつく。

「ママ、ママ、チビタのママ」

ジュニアが甘えるように飛びついてきたから、俊介は正気に戻った。

「……チビタ？　チビタ？　……夢じゃないよな？」

「ふんっ、おっちゃん、めっ」

俊介がジュニアを抱き上げると、ベルフェゴールの泣き声が大きくなった。キューピッドはアフロディーテに慰められているが、サタンやらゼウスやらポセイドンやらアレスやら……泣き虫大魔王にとっては涙の対象だ。

ほっと胸を撫で下ろした神々はふたたび、恐怖に顔を歪めた。

「……うぅぅ……これが魔界を震撼させるベルフェゴールの泣き声……頭が割れるように痛い……」

ヘルメスが頭を押さえると、鍛冶の神や権力の神、勝利の女神から暴力の神まで、こめかみを揉んだ。ヘラも俯いて苦痛に耐えている。

「早く立ち去れ」

苦悶に満ちた顔で言ったのは月の女神。

泣き虫大魔王の泣き声はオリュンポスの神々にも有効。

「……チビベル、チビタと一緒に帰ろうね」

俊介はジュニアを抱いたままベルフェゴールに駆け寄った。一刻も早く、オリュンポスから去りたい。

なのに、アスタロトにはその気配が微塵もない。

「ヘラ、ゼウスがそなたを侮辱している。よいのか？」

アスタロトは艶麗な笑みを浮かべ、ヘラに声をかけた。

「……ポセイドンは……あれはキューピッドの矢によるもの」

ヘラは溜め息をつきつつ、アフロディーテに甘える悪戯っ子を差した。ポセイドンはゼウスに継ぐ力を持つ。ヘラでは敵わない。

「理由がどうであれ、ゼウスはポセイドンに夢中なり。正妻を侮辱している。よいのか？」

アスタロトが尊大な目で見下ろすと、ヘラは歯を噛み締めた。

「悪魔、許さぬぞ」

「我の妻に的外れな嫉妬を向けた。我も許せぬ」

「悪魔風情が大きな口を叩くな」

「我が妻は我以外に身体を許さぬ。肝《きも》に銘じよ」

「……ゼウスを誘惑したくせに……」

ヘラにしてみればゼウスより俊介のほうが憎い。それが複雑な女心だと、俊介も知っていた。理解できないけれども。

「……そなたの感覚で申せば、ポセイドンもゼウスを誘惑したのであろう。さっさと罰したらいかが？」

アスタロトは華やかな美貌で自尊心の高い女神を追い詰める。あえて魔力を使わないのだろう。

「……こ、この……」

「ポセイドンはゼウスには力及ばぬ。交わる前に止めるべきではないか？」

雷電と稲妻を操る弟は兄を遥かに凌駕《りょうが》している。ほかの神も圧倒しているからこその最高位だ。

ポセイドンでさえ、ゼウスに求められたら拒めない。……このままでは。

「悪魔、覚えていりゃれーっ」

ヘラは胸腔から爆発したような声を発すると、全知全能の夫を追いかけた。

ポセイドンをレイプしようとするゼウス。ゼウスをサポートするサタン。怒り心頭のヘラ。

どんな地獄絵図が繰り広げられるのか、俊介の脳内は想像することさえ拒否する。ただ、潮時。それは強く感じた。

アポロンが堂々とした態度でアスタロトの前に立つ。

「サタンでは話にならぬ。アスタロト、魔界代表として話し合おう」

かつての交渉のようにお互いが代表として対峙する。

「よかろう、アポロン」

「すべて貴公《きこう》の企《たくら》み」

「我に非ず」

アスタロトが目を細めると、アポロンは俊介に甘えている小悪魔を親指で差した。

「チビタか？」

「ふんっ、おっちゃん、めっめっめっめっめっめーっ」

小悪魔は俊介の胸から飛び降りると、仁王立ちで手を振り回す。ベルフェゴールの泣き声もアップグレード。

「チビタのママにゼウスが迫ったこと、息子としてもオリュンポス代表としても詫びる。

すまない」

アポロンは恭しい態度で、小悪魔に謝罪した。ほかの神々は困惑しているが、納得もしているようだ。

「ふんっ。チビタのママ、チビタの嫁」

ジュニアが小さな指を立てて宣言すると、アポロンは承認するように頷いた。

「……あぁ、チビタのママはチビタの花嫁。ゼウスには諦めてもらおう」

「おっちゃん、めっ、めっめっめっめっめっめっめーっ」

ジュニアが小さな指を振り回すと、キューピッドも小さな指を立てていきり立った。

「ゼウス、めっ。チビキューのママ、貸し出すな。めっめっめっめっめーっ」

子供たちが全身でゼウスを糾弾している。アフロディーテは宥めるようにキューピッドにキス。

キューピッドも最愛の母を思って、ジュニアと共闘したようだ。ゼウスがアフロディーテを男相手の交渉の品にすることが多かったから。

魔界の代表もオリュンポスの代表も『ゼウスの罪』で一致した。

「俊介、すまない。許してほしい」

アポロンに謝罪され、俊介は喉を引き攣らせた。

「……あ、あの、アポロン？」

「すまない。我ら、もとより戦いは好かぬ」

最高神を筆頭にオリュンポスの神々も戦えば強い。だが、軍神アレス以外、戦闘は好きではない。戦争が好きな悪魔とは根本的に違った。

「僕も戦争は嫌いです」

「知っている」

アポロンならちゃんと話し合えるかもしれない、と俊介は一縷の望みをかけた。

「……では、気になっていることがあります。ゼウスが人間の女性に産ませた双子の赤ん坊のことです」

グリーンホームにはゼウスの落とし胤がいる。ゼウスが俊介を見初めたきっかけだ。

「……心当たりがありすぎてわからない。どの女に産ませた双子だ？」

アポロンにあっけらかんと言われ、俊介は顔を引き攣らせた。

「グリーンホームの双子ちゃん。母親は入院中で、僕が関わっている施設で育てています」

「……あぁ、ヘラにバレて、母親は魂をタルタロスに落とされた。ゼウスは星にするんじゃないかな」

タルタロスとは冥府の最奥にある奈落の底だ。ゼウスに逆らったティタン族や怪物が閉じこめられている陰湿な牢獄。

「母親を助けてください。星にするのは救済措置じゃない」

令和の時代にゼウスの不倫星座が増えるのは許せない。

「……無理だと思う……けれど、それが休戦の条件ならばヘラも文句は言えない。今回、魔界の怖さを知ったはずだ」

アポロンが視線を流すと、居合わせた神々たちは賛同するように相槌を打った。全員、ヘラの嫉妬に苦しめられている母親に同情している。

「ゼウスには二度とグリーンホームに手出ししないように注意してください。園長を傷つけたこと、僕は決して許しません」

俊介が目を吊り上げると、アポロンはどこからともなく出した竪琴《たてごと》を弾いた。ポロンポロンポロン、と。

「……それ、ゼウスを煽るだけだからやめたほうがいい。前も教えたよね？」

「……わ、わけがわからない」

「アスタロトの妻でなければ、私が君をさらっていた」

アポロンの竪琴に聞き惚れかけたから、俊介は空耳だと思った。

「……は？」

「気をつけたほうがいい」

アポロンに悩ましい目で見つめられた途端、ジュニアが怒髪天を衝いた。

「アポ、アポ、めっめっめーっ。めーっ。ママはチビタの嫁ーっ」

ジュニアに飛びつかれ、俊介は慌てて抱き直す。いつの間にか、ベルフェゴールは炉の女神や虹の女神に宥められて泣きやんでいた。

「アスタロト、今回はここで手打ち。いいな？」

「サタン様も満足したご様子。異論はない」

アスタロトが鷹揚に言うや否や、アポロンの竪琴がいきなり途切れた。

8

オリュンポスの神々しい神殿は消え、俊介はジュニアやアスタロトとともに魔界の居城にいた。ふたつの月を望める窓際、座り心地のいい長椅子に座っている。天然大理石のテーブルにも繊細な細工の花台にも濃厚な香りの真紅の薔薇が飾られ、壁にはルネサンスの偉大な天才が魔界で仕上げた肖像画。

「……あ？　あれ？」

一瞬なんてものではない。

オリュンポスでの出来事がすべて嘘だったような気がする。けれど、アスタロトの冷酷な視線で現実だと確かめた。

「我が妻、アポロンに見初められた罪をどう償う？」

アスタロトの独占欲が軋んだらしい。

「……不条理だ」

アポロンは本気じゃなかったよな？

あれ、アスタロトに対する嫌がらせ？

嫌がらせだよな、と俊介は男性美の象徴として古来より称えられてきた美神を瞼に浮かべた。

「アポロンもゼウスに似て好色」

アスタロトが指摘するまでもなく、太陽神の色恋沙汰《ざた》も神話には綴られている。神話の時代が遠くなっても、被害者は増え続けているのかもしれない。しかし、父親のように不実ではなかったはずだ。……否、比較の対象が悪すぎる。

思わず、俊介はギリシャ神話に登場する神々を脳裏に浮かべた。

「オリュンポスで真面目っていうか、まともな神様はいるのかな……あぁ、炉《ろ》の女神……家庭的で優しい炉の女神へスティア以外にまともな神様はいないのか？　……あ、デメテル？」

豊穣の女神デメテルはまとも……や、デメテルが牝牛に変身してもゼウスは雄牛に変身して、牛同士の姿で交尾……うわ、妊娠させてペルセポネを産ませて……あ、デメテルは悪くないけど、ゼウスが鬼畜過ぎる、と俊介の思考回路はおかしな方向に高速回転。

「そなたが悩む案件に非《あら》ず」

「あれが神様じゃ人間がどんなにひどくても当然みたいな気がした……あ、チビタ、寝ている」

俊介は腕の中で涎を垂らしている愛息に気づいた。悪魔の象徴である角も尻尾もいつもと違う。

「疲れたのであろう」

アスタロトの表情は変わらないが、どことなく後継者を称えているようだ。全宇宙の神に一矢報《むく》いたのだから。

「……よくあんな作戦を考えたな」

セクハラ大魔王らしい作戦なのか、大魔王にしては可愛い作戦なのか、俊介は唸ってしまう。

「吾子はやりおる」

「キューピッドの矢でヘラに夢中にさせれば平和だったよな？」

ゼウスが一途にヘラを愛していればなんの悲劇もない。

ヘラはゼウスにさんざん裏切られたが、一度も浮気していないのだ。

わざわざポセイドンにしなくても、と俊介は単純に思ってしまう。ポセイドンが憤慨したら、人間界にどれだけ被害が及ぶか計り知れない。

「我が妻に手を出そうとした罪を償わせただけ」

「ゼウスとポセイドンにヘラ……どうなるのかな？　サタンも追っているよな？」

俊介には見当もつかないが、アスタロトは不敵に微笑んだ。

「吾子の期待通りにはいかぬであろう」

「それ、どういう意味？」

「吾子はポセイドンにゼウスを始末させる算段を練った」

アスタロトはあっさり明かしたが、俊介の喉は引き攣った。

「……っ？」

「吾子がどこまで理解していたのか掴めぬが、ポセイドンならばゼウスに対抗できると踏んだのかもしれぬ」

「……チビタが」

あのチビタにそんな頭があったのか、と俊介は涎を垂らし続ける幼子をまじまじと眺めた。

「キューピッドの知恵もあったのであろう」

ジュニアのオリュンポスでの相棒は単なる子供ではない。

「……あ、そうか……」

「我はゼウスをタルタロスに封印させたかったが、サタン様が遊びすぎて難しい模様」

アスタロトは全知全能の神を永遠の牢獄に投獄したかったという。しかし、例によって魔王が脱線しているようだ。アスタロトは居城で寛いでいながら、神々と魔王の修羅場を覗いている。

「……こ、怖すぎる」

俊介の嘘偽《いつわ》りのない本心がポロリ。

「次は許さぬ」

「……怖い……あ、チビベルがいない？」

俊介はオリュンポスでジュニアと一緒にいたベルフェゴールの不在に気づく。慌てて見回すと、アスタロトは伏し目がちに答えた。

「レミエルの元に飛んだ」

ベルフェゴールは戦いが終われば最愛の母の胸に。

「レミエルとチビベル、よかった」

「そなた、誰といるのか思いだせ」

アスタロトに不服そうに言われ、俊介はジュニアの頬に優しいキスを落とした。豪快な鼾をかいている。

「アスタロト、生きた心地がしなかった」

よく無事だったな、と俊介は改めてほっと胸を撫で下ろす。アスタロトを信じないわけではなかったけれど、曲がりなりにも相手は光り輝く神だ。あの場ではアウェイだったかならなおさら。

「我がいるのに」

夫に対する侮辱、とアスタロトは言外で詰っている。

「もうこんな思いは二度といやだ」

俊介は無事を確かめるようにアスタロトの顎先に唇で触れた。紛れもない悪魔だが、生身の男のように温かい。

「我がいる」

残虐無比な大悪魔の言葉がすんなりと俊介の心に浸透する。不実な神を目の当たりにした後だから余計に。

「……うん、アスタロトがいる」

「何も案ずるな」

「そうだな」

「そなたは愛されていればいい」

アスタロトに甘く囁かれ、俊介も思いの丈を込めて返した。

「アスタロトは僕を愛していればいい」

「いかにも」

アスタロトの唇が近づいてきたから、俊介は胸を疼かせながらキスを待った。

チュ、と軽く触れ合ってからさらに深く。

半開きの口腔内にアスタロトの舌を感じた時、赤い煙とともに聞き覚えのある声が漏れてきた。

「……いいご身分だな」

柱時計の針から流れてきた赤いオーラは真紅の蝶になってからベリアルの姿に。

「無粋《ぶすい》な」

アスタロトは優雅でいて冷徹な目で秀麗な大悪魔を一瞥しただけ。

「俊介、レミエルとチビベルが帰ってこない」

ベリアルの困り果てた顔に、俊介は息を呑んだ。

「……ふたりはグリーンホーム?」

「そうだ。戻らない。どうしてくれる?」

ベリアルは陰鬱《いんうつ》な面持ちで壁にグリーンホームのパウダールームを映した。レミエルはバスルームから出た小さな子供の身体を拭いている。だが、じっとしていない。隙あらば逃げだそうとする。

『……ええい、暴れるな。濡れたままでは体調を崩すであろう。仲間と遊べなくなるぞ、よいのか?』

『チビベルママ、ちんちんいっこ』

『引っ張るな』

　かっくんを始めとするやんちゃ坊主たちが裸で飛びだそうとしたが上手く阻んだ。レミエルの身体能力は半端ではない。

『チビベルママ、ヤバ～い』

『直太朗お兄ちゃんと違うぞ』

『チビタママとも違う。ヤバい』

　やんちゃ坊主たちはレミエルを尊敬しているようだ。

　ベルフェゴールは精も根も尽きたらしく、女医に扮したおしゃまな女児の前で寝ていた。

『チビベル、いい子でちゅ。おねんね』

　小さな手でベルフェゴールの額をなでなで。

　周りにはウサギやキリンのぬいぐるみ、星座の絵本が並べられていた。猫が三匹、枕元で寝ている。


……レミエル、ありがとう。

子供たちと直太朗くんを守ってくれたんだ。

チビベルもよかった、よかった、本当によかった、と俊介は微笑ましい光景に頬を緩ませたが、ベリアルの大きな溜め息で我に返った。

「ベリアル、見ればわかるだろう。レミエルとチビベルの家はグリーンホームだ」

俊介は晴れ晴れとした気持ちで言い切った。

「……おい」

端麗な大悪魔の下肢が震え、背後に赤い火柱が何本も立つ。

「グリーンホームにとって、レミエルはなくてはならない人なんだ」

俊介は直太朗のギリギリを知っているから力がこもる。ここでレミエルが消えたら目も当てられない。

「やめてくれ」

ベリアルがこめかみを揉むと、アスタロトが馬鹿にしたように口を挟んだ。

「レミエルはサタン様から下賜《げし》された愛人。ベルフェゴールはサタン様からお預かりしている大切な御子息。今すぐ連れ戻せばいいだけのこと」

魔王にとっても魔界にとっても、レミエルとベルフェゴールが人間界にいることは危険だ。天界にもあらぬ疑念を抱かれかねない。

「……だ、だから、幸せそうだからできないんだ」

ベリアルが苦悩に満ちた顔で本心を吐露《とろ》した瞬間、俊介の胸で寝ていたジュニアが雄叫びを上げた。

「……ふんっ、ふんふんふんっ、ばぶっ、ばぶばぶばぶっ、うぉぉぉぉーっ」

小さな手足もパタパタさせ、起きたかと思ったが目は閉じられたままだ。大きく開いた口からは涎。

アスタロトはこれ以上ないというくらい冷たい目で一言。

「痴れ者」

俊介は笑いを噛みしめ、ベリアルに手を振った。

「……ベリアル、意外といい奴……悪い奴だけど……うん、レミエルもチビベルもグリーンホームで幸せそうだよ」

レミエルは双子の赤ん坊を背負って、暴れる幼児にパジャマを着せていく。サポートについている小学六年生の少年に出す指示も的確だ。

「……俊介、連れ戻してくれ」

ベリアルに切羽詰まった顔で懇願されても、俊介の心には小波さえ立たない。

「いやだ」

「頼む」

「……参った」

「レミエルとチビベルの幸せを邪魔するな」

「……だからさ、危険なんだよ」

レミエルとベルフェゴールが誰に狙われているのか、俊介は尋ねる気にもなれなかった。

「陰からそっと守ればいい」

レミエルとチビベルを守れ、と俊介は心魂からベリアルに訴えかける。好色な大悪魔がレミエルを本気で愛していることは知っているから。

「……おい。簡単に言うな」

「気づかれないように、守ればいいんだ。それだけだよ」

俊介が宥めるように言うと、ベリアルは時間の無駄だと察したらしい。別れの挨拶もせず、柱時計の針に吸いこまれていった。

バイバイ、とばかりにジュニアの鼾がレベルアップ。

「愚かだと思っていたが、我の想像を超える愚か」

アスタロトはベリアルを嘲笑《あざわら》ったが、俊介の心は軽くなった。

「レミエルとチビベル、幸せになってほしい……うん、グリーンホームで暮らせばいいよ」

あっという間に、レミエルはグリーンホームに馴染んでいた。人見知りのベルフェゴールの笑顔も弾け飛んでいたのだ。ふたりにとって幸せに過ごせる場所が家。

「……そなた」

「……あ、チビタもまたグリーンホームに飛ぶと思う。チビタにとっても大切な家だ。広い心で見守ってほしい」

ワガママ大魔王は施設で様々なことを学び、正しく成長している。友人ができたことが大きいのだろう。何しろ、魔界ならば母親以外、悪徳を支持する輩《やから》ばかり。

「それに非ず」

アスタロトに目で咎められ、俊介は思考回路を働かせる。確かに、深淵に突き刺さっている棘は残っていた。

「……あ？　ゼウスの双子の赤ちゃん？　入院中の母親が社会復帰できるまでグリーンホームで大切に育てる。僕も直太朗くんの気持ちも変わらない。きっとレミエルも」

なんらかの禍を呼ぶゼウスの子供だと知っても、レミエルが赤ん坊を放りだすとは思えない。

「そなた、何者ぞ?」

アスタロトに焦れたように抱き寄せられ、俊介は瞬きを繰り返した。

「……え?」

「そなた、己が何者か思いだせ」

痛いぐらい凝視され、俊介はようやく気づいた。

またそれか、と。

「……アスタロトは何者?」

「そなた、出産してから……」

アスタロトに幾度となく指摘されたが、俊介はジュニアを産んでから変わった。変わらざるを得なかったのだ。なんにせよ、些細なことは構っていられない。少しのことで落ちこんでいられない。

「……うん、いろいろとありすぎた」

コツン、と俊介は甘えるようにアスタロトの広い胸に顔を寄せた。いつしか、最も安心できるところ。

「そなた、我の妻なり」

もはや、聞き飽きた言葉。

「当たり前のこと、繰り返さなくてもいいよ」

俊介がわざと不遜な口調で言うと、アスタロトの形のいい眉が顰められた。周りの空気も微かに揺れる。

「……そなた」

「そうだろう？」

「そなたには……」

ふたりの視線が交差した後、どちらからともなく唇が重なり合う。愛し子の鼾がさらに大きくなったが、ふたりの唇は離れなかった。

狂おしいぐらい甘い一時。

ワガママ大魔王が目覚めるまで。

堕天使は舞い降りた

絶望の日々が続いても、絶望には慣れない。

あとどれくらい朽ちぬ我が身を恨み続ければよいのか。

無に還らせてください、とレミエルは心魂から神に祈った。サタンに敗れ、陵辱《りょうじょく》されて以来、祈り続けている。

我らが神、なすべきことはすべて正しく、間違いはいっさい犯さない。

神の子は最期に一度だけ、神を疑ったと伝えられている。

『我が神、我が神、どうして私をお見捨てになったのですか』

あれはサタンによる小細工。

神の子はそのようなことは微塵も思わなかったはず。

我も神を信じる。

信じるしかないのだけれども……天使長さえ、我を成敗してくれなかった。

神よ、我が我でいるうちに無に還してください、とレミエルは純白の百合の中で祈り続けた。

自分の感情が信じられない。

自分が自分でなくなることが最も恐ろしい。

これ以上、ベリアルに接したくない。

魔物の子……ベルフェゴールにも接していたら……我は……魔物の子として産み落としてしまってすまぬ、とレミエルが心底で苦悶していると、水晶の東屋の向こう側から、ベルフェゴールの泣き声が響いてきた。

「びぇぇぇぇぇぇぇぇぇ～ん、びぇぇぇぇぇぇぇぇぇぇぇぇぇぇぇぇぇぇぇぇぇぇ～ん」

不気味な突風により、咲き誇っていた白百合が散る。魔王と元御前の天使の子供が持つ力は凄まじく、泣いただけで魔界が大きく揺れた。

ズドドドドドドド～ッ、という地響きとともに下級悪魔の首が宙を舞う。

「……また……またじゃ……またベルフェゴール様が泣いておる……ベルフェゴール様が泣いたら首がもげた……」

「……ひぃぃぃぃぃ……ベルフェゴール様の泣き声で手足が溶けた……城も溶けた……」

「……頼む……ベルフェゴール様、泣きやんで……泣きやんでくだされ～っ」

白百合がすべて散り、水晶の天馬像が砕け、噴水の水が凍りついた。すべて原因はベルフェゴールの泣き声。

『びぇぇぇぇ～ん、ママ、ママ、チビベルのママ～っ』

轟音の中、レミエルの耳にはっきりと届いた。

「魔物の子、今日も我を母と呼ぶのか」

幼子《おさなご》に母と呼ばれるたびにレミエルの胸が痛む。

『びぇぇぇぇぇぇぇぇぇぇぇぇ～ん、ママ、チビベルのママ、ママ～っ』

どんなに無視しても、幾度となく諭しても、魔王によく似た幼子は母と呼び続けた。

「魔物に父も母もおらぬと何度申しても無駄であったな」

『チビベルのママ、びぇぇぇぇぇぇぇぇぇぇぇぇぇぇぇぇぇぇぇぇぇぇ～ん』

魔界でも降り続ける雨はないが、ベルフェゴールは泣きだしたら止まらない。激しく泣きながら、最愛の母を呼び続けた。魔界随一の根性、と早くも称賛されている。

「今日も我が顔を出さぬまで泣き続ける気か」

レミエルが声のほうへ進むと、ベリアルが赤い煙とともに現われた。その手にはピーターラビットのぬいぐるみ。

「レミエル、来てくれ」

天界で光り輝いていた姿を知っているだけに許せない。それ以上に掻き乱される己の心が許せない。

それでも、レミエルは高い矜持で深淵に感情を沈めた。

「いかがした？」

「いつもの」

ベリアルはピーターラビットのぬいぐるみで顔を隠しながら答えた。ベルフェゴールは誰かの顔を見た瞬間、火がついたように泣きだす。顔を見ても泣かないのは、母親のレミエルと魔界の大公爵の妻子。魔界では計三人。

「誰ぞの顔を見たのか？」

今朝、給仕の顔を見た瞬間、ベルフェゴールは泣いている。いつもなら給仕もベルフェゴールに姿が見えないように注意していたのにちょっとした手違いだった。

「……ま、来てくれ」

「我に近寄るでない」

レミエルが冷酷な目で見据えると、ベリアルは宥めるようにピーターラビットのぬいぐるみを振った。

「わかっている。指一本、触れないから安心しろ」

ズキンッ、とレミエルは自分の胸が痛んだことに気づく。

これが許せない。

心の底から許せないのだ。

「数多《あまた》の天使を堕落させた好色な魔物は誰ぞ」

「信用がないな」

ベリアルが秀麗な美貌を翳らせた時、上級悪魔の首がふたつ、水晶の天井から落ちてきた。ベルフェゴールの泣き声の犠牲者だ。

『ベリアル、さっさとレミエルを連れてこい』

黄水晶の獅子像から七大悪魔のアスモデウスの声が聞こえ、ベリアルはお手上げとばかりに天井を仰いだ。

「……そういうわけだ。レミエル、頼んだ」

赤いオーラに包まれた途端、レミエルの視界が変わった。


レミエルは一瞬でベルフェゴールが号泣している大広間に移動した。

緑色に赤色に灰色に青色に黄色に暗黒の色……何種類ものオーラが複雑に混ざり合っている。まるで天使と悪魔が死闘を繰り広げた激戦地のようだ。

……これはいったい、とレミエルは予想だにしていなかった光景に愕然《がくぜん》とした。

「ママ、ママ、チビベルのママーっ」

ベルフェゴールが泣きじゃくっている。ほかでもない、元御前の天使であるレミエルの腕の中で。

「………………」

レミエルは呆れ果てて、言うべき言葉が見つらない。何せ、自分がもうひとりいる。つまり、どこかの誰かが自分に化けている。こういうことをするのはひとりしかいない。サタン、と。

「チビベルのママがだっこしているのに、どうして、こんなに泣くんだ？」

サタンがレミエルの姿でベルフェゴールを必死になってあやしている。足元には日本のご当地ゆるキャラのぬいぐるみが転がっていた。琥珀《こはく》のテーブルにはウサギ形のケーキやプディング、チョコレートファウンテンが用意されている。

「愚かな」

レミエルはありったけの軽蔑《けいべつ》をこめたが、サタンは切々として訴えた。

「俺はパパのメンツをかなぐり捨てて、ママに化けたんだ。なのに、どうして、こんなに泣くんだよ」

傍らのアスモデウスは滋賀県のゆるキャラのぬいぐるみを手に、溜め息をついた。ベリアルはピーターラビットのぬいぐるみで顔を隠し、ベルフェゴールの様子を窺っている。

「痴《し》れ者」

レミエルが冷たい声で咎めると、サタンは涙声で言い返した。

「ママの姿でもいいから、息子ときゃっきゃっしたかったのにーっ」

びぇぇぇぇぇぇぇぇ～ん、と一際大きなベルフェゴールの泣き声が響き渡った。ミシミシミシミシッ、という荘厳な宮殿が軋む音も続く。

「魔物、離してやれ」

ベルフェゴールはレミエルに向かって小さな手を伸ばす。だが、母に姿を変えた父の手は緩まない。

「ママ、俺の化け具合がぬるかったのか？」

「魔物よ、聞こえぬのか？」

「ママ、俺のどこが悪い？」

こんなに息子を愛しているのに～っ、とサタンは悲哀を漲《たぎ》らせて続けた。どんなフィルターをかけても、魔界の統治者には見えない。

「魔物、繰り返す。離してやれ」

レミエルの声に反応したのはベリアルだ。

「サタン様、失礼」

魔王に一言断わってから、ベルフェゴールを奪ってレミエルに手渡す。これらはほんの一瞬の出来事。

「……ママ」

泣き虫大魔王は母の腕に抱かれた途端、ピタリと泣きやんだ。

「……さすが」

ベリアルやアスモデウスは感服し、サタンは観念したように自分の姿に戻った。忌々《いまいま》しそうに髪の毛をかき毟《むし》る。

「つまらん。アスタロトは俊介《しゅんすけ》といちゃついているし、チビタと楽しそうに父子ゲンカしている。誰か、謀反《むほん》しろ」

魔王が暇潰しに謀反を命じるのは日常茶飯事。

「お戯《たわむ》れを」

アスモデウスが軽く微笑むと、サタンはベルフェゴールを横目で眺めながら言った。

「天界に殴りこめ」

サタンが双子の弟と戦いたがるのも日常茶飯事。

レミエルも双子の兄が相手だと冷静さを失う天使長を知っていた。ベルフェゴールを抱きながら耳を澄ます。

アスモデウスは大悪魔にしては穏和《おんわ》だが、当然のように争いや諍《いさか》いを好む。

「殴りこむなら、オリュンポスにされてはいかがですか？」

天にはレミエルが仕えたヤハウェ以外にも、光り輝く神と呼ばれる存在がいる。神々がいるオリュンポスも魔界とは相反《あいはん》する天界だ。もっとも、オリュンポスの神々の所業には問題が多く、レミエルの神とはまるで違った。

「ゼウスがうちの誰かに手でも出したのか？」

サタンはなんでもないことのように言ったが、オリュンポスといえば女癖の悪い最高神が最大の火種だ。

「お忘れですか？　オリュンポス側がチビタとチビベルを危険視していること」

アスタロトがサタン様代理としてゼウス代理のアポロンと交渉中です、とアスモデウスは緑色の目を揺らしつつ続けた。

レミエルには初耳だが、狼狽《ろうばい》したりはしない。胸のベルフェゴールはひっくひっく、とえづきながらしがみついているだけ。

「……あ〜っ？　チビタもチビベルもゼウスの趣味じゃないだろう？」

サタンが勘違いしても仕方がない。ゼウスの見境なしの好色ぶりは遠い昔より知れ渡っている。

過ぎし日、天界でレミエルはガブリエルとともに注意された。

『レミエル、ガブリエル、ゼウスには近寄るな』

『甘い。ゼウスに姿を見られるな』

レミエルは今でもゼウスを詰《なじ》る大天使の語気の荒さを覚えている。

「そっちではありません。チビタとチビベルが結託した時の魔力を危惧している模様」

「それ、ゼウスじゃないな？」

「はい。今、ゼウスは人間界の愛人に夢中です。双子を産ませたようです。おそらく、アポロンかアテネかポセイドンかヘラか……」

アスモデウスの推測を無用と遮るように、サタンは荒々しい口調で言い放った。

「……あいつ、また子供？　それも双子だと？　俺がひとり息子に泣かされている間にまた？」

「……ですから、サタン様も新しい愛人を囲って子を産ませてください。前々からお願いしているでしょう」

「だからさ、チビベルで俺のガラスのメンタルがやられた。子作りする気力もない。ゼウス、ムカつく……ヘラにチクってやれ」
　サタンは人差し指を振ったが、アスモデウスは首を傾げるだけ。

「……何を？」

「ゼウスが愛人に双子を産ませたこと、ヘラにチクれ」

　ゼウスの正妻の嫉妬深さと執念深さは人間界にも広く知られている。ただただレミエルはサタンに呆れた。

「……もうヘラは掴んでいます。……あ、愛人を締め上げたようです」

　アスモデウスは使い魔の報告で、ゼウスの妻や愛人の現状を知ったようだ。神話の時代より、ゼウスの愛人が幸せになることは少ない。

「……つまらん」

「ゼウスのことですから、すぐに新しい愛人を作るでしょう」

「ガブリエルはゼウスの好みだろう。焚きつけてやれ」

「お忘れですか？　すでにガブリエルにはフラれています……二度三度、迫ったようですが、悉く拒否されていました」

　誰一人として、ゼウスの節操《せっそう》なしに驚いたりはしない。レミエルにしてもそうだ。ゼウスの力に屈しなかったガブリエルを尊敬した。同時にサタンの魔力に屈した自分を恥じた。

「ミカエルはブチ切れなかったのか？」

「曲がりなりにもオリュンポスの神の王ですから、注意を入れるだけに留めたようです」

「ゼウス、レミエルも好みだ」

サタンはアスモデウスからレミエルが抱いているベルフェゴールに視線を流した。ベリアルが止めるまもない。

サタンは父親の顔でベルフェゴールに話しかけた。

「チビベル、ゼウスには気をつけろ。あいつの変身能力は高いんだ。チビベルに化けてママをさらう……」

ベルフェゴールはせっかく母の胸で泣きやんでも涙腺崩壊。

「びぇぇぇぇぇぇぇぇぇぇぇぇ〜ん」

レミエルはベルフェゴールを抱き、サタンに背を向けた。

「魔物、泣かすな」

レミエルの容赦ない一言に、サタンは子供のように唇を尖らせる。

「俺のメンタルがやられた……オリュンポスの種馬をボコらないと気がすまない」

サタンの暇潰しの相手が決まった。レミエルもゼウスが嫌いだから構わない。できるなら、共倒れになってほしい。切実な願いだ。

「そうですね。ゼウスにしておきましょう」

「アスタロトにアポロンとの交渉を友好的にまとめるように言え」

「畏まりました」

「アポロンたちが油断したところで総攻撃だ」

サタンはアスモデウスとオリュンポス攻略を練りながら風のように消える。ベリアルも別れの挨拶もせずに姿を消した。


大嵐が去った後、レミエルとベルフェゴールはふたりきり。

「……っく……ママ……」

ベルフェゴールは依然としてレミエルの胸にぎゅっ、としがみついている。

「よく気づいた」

無意識のうちに、レミエルの口から漏れた。ルシフェルという名で天使を統《す》べていた時代より、サタンの変身術は抜きんでていたのだ。ミカエルは何度も煮え湯を呑まされ、レミエルはガブリエルと一緒に後始末に奔走した。

「チビベルのママ、ママ」

誰が化けてもママを間違えない、とベルフェゴールのうるうるに潤んだ目は語っている。

「そなたがサタンの子である限り、我を母と呼ぶならば、今後も我の姿をした魔物が現われよう」

レミエルは冷静に今後について語った。

「……ふっ」

ベルフェゴールは理解したらしくコクリと頷いた。涙腺は異常なくらい弱いが、物覚えは悪くない。

それだけにレミエルの心がしめつけられる。

「不憫《ふびん》」

「……ママ」

「哀れなり」

魔物の子として誕生させてすまぬ、とレミエルが何度目かわからない謝罪をしたが、ベルフェゴールは首を振る。

「ママ、好き」

胸の痛みがさらに増す。

「……申すな」

レミエルは諭すように言うと、ベルフェゴールを抱いたまま視線を逸らした。なんの濁《にご》りもない目が辛い。


オリュンポス攻略を練っていたのではなかったのか？

アスタロトとベリアルが対立して、東の大地が割れたという噂が流れた日、お昼寝をしていたベルフェゴールが忽然《こつぜん》と消えた。

「……た、大変です。ベルフェゴール様がいませんっ」

日頃、姿を隠してベルフェゴールの世話をしている下級悪魔が狼狽し、黒い蜥蜴《とかげ》になってしまった。城に詰めていた悪魔たちも捜索するが、どこにもいない。魔力で捜索しようにも、ベルフェゴールの魔力が強すぎて上級悪魔でも不可能だ。

「ベリアル様に使い魔を飛ばしましたが、なんの返事もありません。どうしましょう」

「まさか、ベルフェゴール様、誘拐されたのでしょうか？」

「ベルフェゴール様を人質に取られたらサタン様は……大切にしておられますから……」

魔王は残虐非道の権化とは思えないぐらい一人息子を溺愛している。もし、魔王の失脚を企てるならば、ベルフェゴールは最高の駒だ。

「それにしても、ベリアル様の結界が張られた城から、どうやってベルフェゴール様を誘拐できたのでしょう？」

誰一人としてベルフェゴール自身が城から出たと思わない。何せ、最愛の母が城にいる。

「ベルフェゴール様ならば誰かの顔を見たら泣いています」

悪魔たちの会話を聞き、レミエルは大公爵の後継者に思い当たった。ジュニアが触発しなければ、胎内《たいない》に留めておけたはず。

「……また……また、大公爵の跡取りに呼ばれたのか？」

次の瞬間、レミエルは水晶の間に向かって歩きながら居城の主を呼んでいた。

「ベリアル、ベリアル、ベリアル、出てまいれ」

どこからも赤いオーラは漂ってこない。

「ベリアル、どこで何をしておる？」

何故、現われぬ？

我が呼べば参るのではなかったのか？

あれほど我に執拗《しつよう》に愛の言葉を繰り返しておきながらこれは、とレミエルは胸底でベリアルを詰った。

一声でも呼べば来ると信じていたから。

信頼に値する相手ではないと知っているのに。

「ベリアル、愛人か？」

七大悪魔のアスモデウスの魔力が尽きかけているという。だが、アスモデウスに後継者はいない。七大悪魔の一席が空いたまま埋められない状態になる。サタンの命令により、好色なベリアルは愛人を囲ったらしい。大公爵の跡取り息子に消された話も聞いたが、好色なベリアルはいつも多くの愛人を抱えている。……ものだと、レミエルは思っていた。

「ベリアル、愛人の館にいるのか？」

水晶の間に辿り着き、中央に聳《そび》え立つ黒水晶の壺に向かって凄むと、天井に刻まれた赤水晶の薔薇から赤い煙が流れてきた。

「レミエル、どうした？」

なんの音もせず、ベリアルが目の前に出現する。

「遅い」

レミエルは冷然と咎めた。

「すまない」

「愛人の館におったのか？」

「……お、妬いてくれた？」

ベリアルに揶揄《やゆ》されるように問われ、レミエルは目を吊り上げた。絹の長衣で隠れているが、下肢が微かに震える。

「戯《ざ》れ言《ごと》を申すな」

「言いたくもなる」

「痴れ者め」

「サタン様の気まぐれに振り回されていたんだよ」

わかるだろう、とベリアルは肩を竦《すく》めたが、レミエルは厳粛な顔で無視した。悠長なことはしていられない。

「ベルフェゴールが消えた」

瞬時に端整な大悪魔は居城の結界を確認したようだ。

「…………………………あぁ、チビタだ。チビタに呼ばれたんだろう」

ベリアルは耳の赤水晶に触りながら、ベルフェゴールの行方を追った。七大悪魔の七大悪魔たる所以《ゆえん》。

「呼び戻せ」

一刻も早く、ベルフェゴールを連れ戻さなければならない。レミエルは心の底から切実に思った。

「……人間界にいる。俊介も一緒だ」

「人間界で何を？」

「……ほら、チビタと一緒に加護を与えた施設にいる。……あぁ、チビタが教会の屋根に登って降りられなくなったんだ」

ガブリエルが加護を与えた牧師がいる施設、とレミエルも聞いていた。前回、ベルフェゴールが呼ばれ、滞在していたから。

「即刻、呼び戻せ」

「どうした？」

「大公爵の後継者は油断ならぬ」

レミエルが険しい顔つきで言うと、ベリアルは同意するように頷いた。

「あぁ、父も子も油断できない」

「呼んでまいれ」

「俺が呼びかけたら、チビベルは泣く」

ベリアルは涙ぐましい努力をしているが、毎回、ベルフェゴールには号泣されている。

「我の声を届けよ」

「……難しいかな？」

「届けよ」

「……ガブリエルの結界にチビタの結界……アスタロトまで結界を張っている……あれ？

ガブリエル以外に光の結界が増えている？」

計り知れない魔力を持つ大悪魔は、施設に異変を感じたようだ。端麗な美貌に影が走り、耳と指の赤水晶が鈍《にぶ》く光る。

「本来、教会は光の結界に守られるべき」

「……それは置いといて」

ベリアルは両手で何かのものを置くジェスチャーをした。

「……いかがした？」

珍しく、ベリアルは思案顔で手を振っている。

「……実際、行ってみないとわからん。グリーンホームに新顔の天使でもいるのか？……いや、違う……ヴァルハラかオリュンポスか……高天原《たかまがはら》じゃないよな……ま、異常っちゃあ異常……」

ベリアルは水晶の壁に子供たちが走り回る洋館を映しだした。ベルフェゴールが子供たちと一緒に歌の練習をしている。……が、声は聞こえない。黄金の鎖が浮かび、様子も見えなくなった。ベリアルも深追いしないが、誰かの妨害であることは間違いない。

「我を送れ」

レミエルにいやな予感が走り、いてもたってもいられなくなった。何しろ、ベリアルを妨害できる者は限られている。

「……本気か？」

「いかにも」

レミエルが真顔で頷くと、ベリアルは青ざめた。

「危険だ」

「構わぬ」

「魔物の子がそんなに心配か？」

ベリアルに意味深な目で問われ、レミエルは感情を押し殺して答えた。

「……哀れ」

「チビベル本人、そんなこと思っていない」

「余計に哀れ」

「心配しなくてもグリーンホームでは楽しそうにやっているぜ。俊介もいるから大丈夫だろう……ぶっ……」

　ベリアルは噴きだしそうになったが、慌てたように手で口を押さえる。

　何かあったのだろうか？

　ベルフェゴールの様子を水晶に映すことはできなくても、ある程度は見通せるらしい。

　腰を曲げて喉の奥で笑い続けた。

「大公爵の妻子は油断できぬ」

　レミエルの深淵に突き刺さる大きな棘のひとつは大公爵の妻子だ。ふたりでひとり、神経に障る。

「……それ、それそれそれ、チビタはともかく俊介は人間」

「あれは天使長を裏切った者」

　八雲俊介、身体は汚されても魂は闇に塗れていない。大公爵と契約した後も光の道に戻れるように導かれた。それなのに、大悪魔の手を取った。

「……あ、どっかの天界が関わっているかもしれないから少し待て」

　ベリアルはとうとう見解を明かしたが、レミエルの胸騒ぎがひどくなった。

「なおさら待てぬ」

　レミエルが射るような目で貫くと、ベリアルはポロリと本音を漏らした。

「アスタロトに頭を下げるのがいや」

大公爵の力を借りたら、複雑でいて強固な結界を破ることができるのだろう。しかし、ベリアルのプライドが許さないようだ。

「早く、我を送れ」

レミエルの求めることはただひとつ。

「キスしたら送る」

ベリアルは右目をつぶり、自分の唇を差した。

一瞬、ふたりの間に複雑怪奇な沈黙が走る。

どちらからともなく、ふたりの視線が交錯する。さらに、どちらともなく、お互いはお互いの唇を見つめる。

レミエルが名のつけられない静寂を破った。

「……痴れ者」

何を言いだすのか、とレミエルの心中は大嵐。

「キスしたら、送ってやる」

できないだろう、とベリアルは言外に匂わせている。天使時代からいがみ合っているアスタロトに助力を求めたくない。その一心だ。

「……よかろう」

知らず識らずのうちに、レミエルの唇が動いた。

「……う、嘘だろう？」

ベリアルは驚愕し、上体を派手に揺らして水晶の円柱に背をぶつけた。キ～ン、キ～ン、キ～ン、という魔力をこめた水晶音が響き渡る。

「契約は守れ」

ベリアルは相手が誰でも契約を守らない。知っているのに、レミエルの口は止まらない。

「守る」

ベリアルのこれ以上ないというくらいの真摯な目。

「そこに直れ」

内心の動揺を悟られないように、レミエルは氷の仮面を被った。人差し指で水晶の円柱の前を差す。

「はい」

ベリアルは直立不動。

「目を閉じろ。決して開けるでない」

「わかった」

ベリアルの目が閉じたことを確認してから、レミエルは唇を近づけた。

触れた瞬間、焼け爛《ただ》れた。

そう思うぐらい大悪魔の唇は熱かった。


アスタロトに頭を下げず、アスモデウスに頭を下げ、ベリアルは契約を守った。レミエルは用意された現代日本の衣類に着替え、ベルフェゴールのいる場所へ。

グリーンホームにはいい意味で裏切られた。

大公爵の跡取りとベルフェゴール、悪魔の加護を受けたと聞いたが、ガブリエルの精神が浸透している教会ではないか？

よき牧師、よき子供たち、とレミエルは心の中で感心していた。決して態度には出さなかったけれども。

楽しく過ごしていたが、白い鳥が俊介を連れ去った。

俊介を守ろうとジュニアはしがみつき、一緒に忽然と消えた。

レミエルは何もできず、ただ見ていただけ。

「……び、びぇぇぇぇぇーっ」

ベルフェゴールはショックで火がついたように泣きだす。縋るようにレミエルに飛びついた。

「我を母と呼ぶならば泣くでない」

直太朗の手つきを真似、レミエルはあやすように幼子の背中を撫でる。大粒の涙が口に入った。

「……えぐっ……えっ……えぐっ……ママ……」

「我を母と呼ぶならば狼狽えるな」

いったい誰に似たのか、とレミエルは傲岸不遜な魔王と自分の過去を思いだす。どちらにも似ていないことは確かだ。

「……ママ」

ベルフェゴールの涙を溜めた目に吸い寄せられるように、レミエルは唇を近づけた。優しく触れるだけ。

子に対する初めてのキス。

「我が子よ、我の子ならば泣くでない」

ベルフェゴールは何が起こったのかわからず、きょとんとしている。けれど、小さな指でキスされた目に触れた。

「……ママ?」

キスしてくれた、とベルフェゴールの大きな目が歓喜の涙で潤む。止まったはずの涙が滝のように。

魔界随一の泣き虫大魔王は嬉しくても泣く。

「我が子、よくお聞き」

レミエルはベルフェゴールの身体を優しく抱き直した。

「……ふっ……チビベル、ママの子」

「我に力はない」

口に出すと改めて情けないが事実、とレミエルは自分の無力さを噛み締めた。御前の天使時代ならば、白い鳥を一目でも見たら正体に気づいたはずだ。

「ママ?」

「結界は張られているか?」

この子は賢いからわかるはず、とレミエルはベルフェゴールの頭を優しく撫でた。

「…………ふっ?」

「結界に異常はないか?」

最愛の母に導かれ、ベルフェゴールは結界をチェック。

「……………………あ」

ベルフェゴールは異変を知らせるように、レミエルの長い金髪に触れた。

「結界を破られたか」

牧師にはガブリエルが加護を与え、大公爵の後継者とベルフェゴールも加護を与えている。

大公爵も己の妻子がいる間、強固な結界を張り巡らせていると聞いた。

それ故、ベリアルがアスモデウスの力を借りなければ、我を移動させることはできなかったのだから、とレミエルは心の中で考えた。

「……ママ……いた……」

ベルフェゴールは何かを見たらしく、潤んだ目から大粒の涙をポロリ。

「サタンの悪戯にしては甘い」

強固な結界を破ることができる者は限られている。

「……おっちゃん」

涙の理由は男の顔。

最愛の母に抱かれていなければ、大音量で泣きじゃくっていただろう。

「大公爵の後継者もそのようなことを申しておったな」

ジュニアは白い鳥を見た時、激憤して追いかけ回した。呼び名は『おっちゃん』だ。

「……おっちゃん……もじゃもじゃ……ぽこぽこ……おやま……白いおうち……キャロット……ピーマン……」

ベルフェゴールが懸命に伝えようとしているが、レミエルはイメージできない。幼子の『おっちゃん』は青年の可能性もある。

「会ったことがあるか？」

レミエルが直太朗の声音を意識して聞くと、ベルフェゴールは小さな手を振った。

「……ないない」

「魔物ならばサタン以外、この場で大公爵の妻をさらえぬ」

賢い子だから説明したら何か気づくはず、とレミエルは胸中で考えた。力を失った今、幼子に頼るしかない。

「……うん」

「我の神、天使たち、このようなふるまいはせぬ」

レミエルが絶大な信頼で言い切ると、ベルフェゴールもコクリ。

「うん」

「ヴァルハラとも高天原とも思えぬ」

レミエルはベリアルが呟いていたことを思いだした。あの時点で異変に気づいていたのだ。

「チビタのママ。チビタのママ。チビタのママ」

白い鳥の目的が大公爵の妻であることは間違いない。情報を繋ぎ合わせればひとつの仮説が立つ。

「オリュンポスには好色な神が多い」

あの白い鳥はゼウスか？

ゼウスが大公爵の妻を見初めてさらったのか？

あのゼウスならばやりかねん、とレミエルは心の中で妙な納得をした。神話の時代より、唾棄《だき》すべき手口は変わらない。

「……っく……チビタのママ……」

何か見たらしい。

ベルフェゴールは俊介を心配し、レミエルの胸に甘えるように顔を擦りつけた。

「案ずるでない。大公爵が救いだすであろう」

「チビタ」

ベルフェゴールは兄貴分を心配しているが、レミエルの心には小雨さえ降らない。あれは気にする必要なし、と。

「繰り返す、我に力はない」

「……ママ……」

「我の子を名乗るならば仲間を守れ」

仲間を守るため、ベリアルの力を借りてでも結界を張り直せ、とレミエルは暗に匂わせた。

我の子ならば言わずともやれ。

口にしなくてもレミエルが産んだ子は受け取った。

「うん。チビベル、ママの子」

ベルフェゴールは何度もコクコク。

「……まず、速やかに結界を修復せよ。この気に乗じて悪《あ》しき輩《やから》が侵入するかもしれぬ」

ガブリエルが加護を与えたよき牧師に魔物を取り憑かせてはいけない。

無垢《むく》な子らに魔物を取り憑かせてはいけない。

子供の笑顔が弾ける場を汚してはならない。

我の子ならばサタンの血を乗り越えよ、とレミエルは心魂から訴えた。もはや、ベルフェゴールに託すしかない。

「……ふっ」

「我の子、任せる」

ベルフェゴールは顔を真っ赤にすると、レミエルの腕から出た。そうして、両手を挙げる。

「……ふっ、チビベル、ママの子。ぱんぱんぱんぱん」

「我の子ならば、よき友を守り抜け」

「ふっ、チビベル、ママの子。ぱんぱんぱん。ぱんぱんぱん」

ベルフェゴールは最愛の母の声援を受け、一生懸命、グリーンホームの仲間を守った。

ベルフェゴールの様子がおかしい。明らかに疲弊している。それでも、命がけで仲間を守り抜こうとしている。

レミエルは刺激しないようにベルフェゴールに声をかけた。

「いかがした？」

ベルフェゴールは今でかつてない顔つきで力《りき》む。

「……えぐっ……チビベル……ママの子……」

その瞬間、レミエルは引くことを知らなかった自分の過去が蘇った。サタンとの差は歴然としていたのに。

「我の子ならば己の力を過信《かしん》するな。時により、引くことも寛容《かんよう》」

……ゼウスか？

ゼウスならば罠を仕掛けていったはず、とレミエルは見当をつけた。老獪《ろうかい》な神にベルフェゴールが太刀打ちできるわけがない。

「……うっ……ひくっ……」

「そなたはまだ幼い。引くがよい」

……引け。

引かぬか。

もうよい。

魔力を使い過ぎたら無に還るぞ、とレミエルは心魂から語りかけた。目に見えてベルフェゴールから生気が薄れる。

「……ママの子……仲間……」

　ベルフェゴールは最愛の母のエールで奮闘している。何より、その並々ならぬ根性は母親譲り。

「我の子ならば、無に還ってはならぬ」

　レミエルは止めるようにベルフェゴールを抱き締めた。あれほど、誕生を阻止していた子供にも関わらず。

「……ママ」

　ベルフェゴールは幸せそうにしがみつき、目を閉じる。レミエルはヒビの入った壁に向かって聞いた。

「ベリアル、どこにおる？」

　返事はないが、どこかで見ている。

　レミエルにはそんな確信があった。

「……チビベルに泣かれると困る」

　案の定、赤い煙とともに美麗な大悪魔が出現する。レミエルの膝にいるベルフェゴールを優しく見つめた。

「ベリアル、結界を張り直せ」

「チビベルが張り直した。俺の出る幕はない」

俺が結界を張り直したらチビタとアスタロトの攻撃を食らう、とベリアルは自尊心がパルナッソス山より高い父子に言及した。

「オリュンポスか？」

レミエルが確かめるように聞くと、ベリアルは感心したように微笑んだ。

「さすが」

「ゼウスだな」

「さすが」

「ゼウスならば目的はひとつ」

レミエルは口に出すのもいやだ。

「アスタロトが怒り狂って、ゼウスの神殿をぶっ潰した」

オリュンポス最高神の神殿を破壊すれば、どうしようもないぐらいの明確な宣戦布告。

「天の好機」

魔界とオリュンポスが戦えば、なかなか決着はつかないだろう。どちらも疲弊し、消耗するはずだ。天使長が精鋭を率いて攻めこめば、サタンも七大悪魔も労せずに滅ぼせる。

……そこまで考え、レミエルは溜め息をついた。

ゼウスへの嫌悪感が強すぎる。

「天使長はゼウスとサタン様、どっちが嫌いだと思う？」

ベリアルに楽しそうに笑われ、レミエルは正直に明かした。

「ゼウス」

魔物より劣る、とミカエルはかつて全宇宙の支配者を罵った。その気持ちはレミエルも痛いぐらいわかる。

「……だよな。天使長、こっちにつくと思う？」

いくらゼウスが侮蔑《ぶべつ》すべき存在でも、ミカエルがサタンと共闘するとは思えない。何より、ヤハウェは手を出さないはずだ。

「愚かな」

我が神は中立を守る、とレミエルは見当をつける。戦の行方でどうなるか、予測できないけれども。

「……ま、オリュンポスの最前線にはアレス。こっちはアスタロトと俺。そういうわけだから魔界に避難だ」

ベリアルがレミエルをベルフェゴールごと赤いオーラで包んだ。けれども、レミエルは拒否の意味で手を振る。

「ゼウスがこの施設を狙う可能性は？」

ゼウスの好色ぶりを知っているだけに楽観視できない。レミエルの危惧をベリアルがあっさり口にした。

「あのゼウスなら俊介とヤるまで諦めない。施設ごと人質にとるかな」

「我はここに残る」

レミエルはいっさい迷わずに決めた。天真爛漫な子供たちを悲しませたくないからだ。ゼウスの落とし胤の双子もヘラの嫉妬から守りたい。

「危険だ」

ベリアルが無残なくらい顔を崩し、下肢を派手に震わせた。レミエルは今までこんなに狼狽した大悪魔を見たことがない。

「繰り返す、ここに残る。以上」

「……チビベルの復活にどれくらい時間がかかると思う?」

ベリアルが真顔で覗きこんだが、ベルフェゴールはレミエルの胸の中で深い眠りに落ちている。まるで奈落の底に転がり落ちていったかのように。

「いい勉強」

倒れるまで魔力を使うな、とレミエルはベルフェゴールが目覚めたら教育するつもりだ。

「レミエル、いい顔になったな。惚れ直した」

ベリアルに眩しそうに言われ、レミエルは高い自尊心で睨みつけた。

「そなた、アスタロトと最前線に向かうのであろう」

「心配してくれるのか」

「ゼウスは我も好かぬ」

「朗報《ろうほう》を待っていてくれ」

ベリアルは不敵な笑みを浮かべると、ヒビの入った壁に吸いこまれていった。すぐに足音が聞こえてくる。直太朗が呼びに来たのだ。

「レミエルさん、夕ご飯が冷めるから早く……あ、チビベル、どうした？」

直太朗はレミエルの膝で横たわるベルフェゴールに顔を歪めた。心配そうにそっと近寄る。

「疲れたようです。しばし、部屋をお借りしたい」

「よかったら、うちに泊まってほしい」

直太朗の表情がぱっ、と明るくなり、背負っている赤ん坊も歓迎するように手足をバタバタさせた。

「助かる」

「……その、こんな時になんだけど……レミエルさん、見ての通り、ここは人手が足りない。信用できる人を見つける自信がないんだ。あなたに手伝ってほしい」

直太朗に深々と頭を下げられ、レミエルは軽く頷いた。

「我にできることがあれば」

「ありがとう……それ、それについて、夕食の後に話し合いたい」

直太朗に案内された部屋のベッドにベルフェゴールを寝かせてから、レミエルは食堂に向かった。


いつまでが昨日でいつまでが今日か、わからなかった魔界での日々が露《つゆ》の如《ごと》く。

グリーンホームは目まぐるしい速さで時が過ぎていった。子供たちがいれば、息をつくまもない。

けれど、レミエルは何も考えずにすむ。

自分が自分でなくなる恐怖に悩むまもなかった。

「……ママ?」

ベルフェゴールが意識を取り戻し、レミエルは顔には出さないが安心する。額や首筋に触れ、確かめた。

「ようやく目覚めたか」

「……チビベルのママ」

守ったよね、とばかりにベルフェゴールは部屋を見回した。

レミエルとベルフェゴール専用として与えられた洋館の一室だ。俊介は老朽化を案じていたし、不便さも指摘していたが、レミエルにしてみればなんの問題もない。太古《たいこ》の教会や建物とは比較の対象にならないぐらい快適だ。

「よくやった。そなた、仲間を守った」

レミエルが称えるように言うと、ベルフェゴールの目が歓喜の色に満ちた。

「ふっ。ママの子」

ベルフェゴールはベッドで上体を起こそうとした。

……が、背中からまたシーツの波間に沈む。まだまだ魔力が戻っていないのは間違いない。

「なれど、力を使い果たし、無に還る寸前であった。奈落の底を見たのではないか？」

無理をしたな、とレミエルはベルフェゴールの額に噴き出た汗を清潔な布で拭いた。

「……えぐっ」

図星だったらしく、ベルフェゴールの目に大粒の涙が溢れる。ここで泣いたら大迷惑だ。

「我を母と呼ぶなら学べ」

レミエルは宥めるようにベルフェゴールの頬に触れた。

「……ふっ」

「無に還るまで力を使い果たしてはならぬ」

「ふっ」

純粋無垢な瞳につられたのかもしれない。魔物の子、とあれだけ避けていた子に切々と訴えた。

「我を母と呼ぶなら、我より先に無に還ってはならぬ」

そういえば、魔物の子として拒んでいた頃でも無に還ることは望まなかった、とレミエルは振り返る。一度たりとも手にかけようとも思わなかった。自分が無に還りたくて仕方がなかったのだ。

「……ママ……チビベルのママ……えぐっ……」

ベルフェゴールは耐えられなくなったらしく、レミエルにしがみついて静かに泣きだした。

「よいな。よき友を嘆かせるな」

ベルフェゴールが泣けば仲間も心配して泣きじゃくるだろう。無用な涙を流させる必要はない。

「……えぐっ……えぐっ……」

レミエルは優しく頭を撫で、ベリアルやアスタロトを脳裏に浮かべた。オリュンポスと開戦となれば人間界も甚大な被害を被る。グリーンホームの子供たちの笑顔も曇るだろう。

レミエルは改めて冷静にゼウスとサタンを瞼に並べた。

享楽的な神が多いオリュンポスと戦い慣れた魔物軍団の戦争。

……戦が長引けば、オリュンポスは我が神に援軍を要請する。

我が神は難しい立場に立たされる。

天使長もゼウスは軽蔑しているが、善良なヘスティアは尊敬しているから援助を請われたら迷うだろう。

……あのゼウスならば自分では援助を請わず、我が神に対して、よき神やニンフを駆使するはず。

その前に片づけよ……っ……我は魔物に何を言うのか、とレミエルは心魂からベリアルに訴えかけようとしたが、すんでのところで思い留まった。

大公爵の後継者が魔界からベルフェゴールに魔力を注いだらしい。瞬く間に復活したが、レミエルはベッドから出ることを許さなかった。今後のため、限界の恐怖を心身に刻みたかったのだ。

おしゃまな女児がベルフェゴールに張りつき、離れようとしないから任せる。

「チビベル、いたいとこ、ないでちゅか?」

「なっちゃん、ないない」

ベルフェゴールは首をふるふるしたが、なっちゃんは医者になりきっている。水を張った洗面器でタオルを浸しながら言った。

「コンコン、ちたね」

「ないない」

「ぽんぽん、いたいね。おねんね」

なっちゃんはベルフェゴールの鳩尾《みぞおち》を小さな手でなでなで。

「ないない」

直太朗はおしゃまな女児とベルフェゴールのやり取りを見て笑った。

「チビベルは本当に優しい子だね。寝こんでもなっちゃんのお医者さんごっこにつき合っている」

「お医者さんごっこ？」

レミエルが怪訝な顔で聞いた時、双子の赤ん坊の泣きじゃくる声が聞こえてきた。子供たちがあやそうとしてあやせず、一緒に泣きだしてしまう。

「レミエルさん、チビベルはなっちゃんに任せておこう。手伝ってほしいことがたくさんあるんだ」

レミエルは双子の赤ん坊を背負って、直太朗のサポートについた。いつも子供たちが纏わりつき、掃除もなかなか捗《はかど》らない。食事をさせるのも一騒動。

「チビベルママ、チビタとチビタママは？」

かっくんに同じ質問を繰り返されたが、レミエルは怒らずに何度も答えた。

「急な用事で帰った」

「また来る？」

「かっくんがよき友である限り、また会える」

「ママみたいに空の上に行かない？」

かっくんは母親を亡くしたショックが大きいようだ。母親と同じように友人が二度と会えなくなることに怯《おび》えている。

「案ずるな」

ほかの子供たちもそれぞれ心に傷を負っていたが、直太朗の無償の愛を注がれ、立ち直った。……立ち直ろうとしている。

終始纏わり付く子供たちの寂寥感《せきりょうかん》に気づき、レミエルは胸が詰まった。

昇天後、地上に残した子を思って悲嘆に暮れる親の魂は少なくない。しかし、どちらにとってもよくない。

「天に召された母御《ははご》はいつもそなたを見守っている。そなたが泣けば、天の母御も泣く。天の母御を悲しませるな」

天界の話をすると、子供たちが落ち着く。神の話をすれば、ちゃんと耳を傾ける。レミエルは洗濯物を干しながら、子供たちに神の愛を説《と》いた。

子供たちの笑顔とは裏腹に園長の顔は冴えない。

「園長、いかがした？　園長の顔が晴れねば子供たちの心が曇る」

「……値上がりラッシュに挫《くじ》けそうだ」

直太朗が口にした言葉が、レミエルはわからなかった。

「新しい魔物か？」

「……うん、魔物みたいなもの。サタンやベルゼブブより凶悪……電気代も水道代も……小麦粉も油も……怖すぎる……」

「退治するしかなかろう」

悪しき魔物は屠《ほふ》るしかない。

「レミエルさんのおかげで予想以上の寄付金が入ったけど、肉や魚どころか野菜も高すぎる。もやしまで値上がり……どうしよう」

直太朗はスーパーのチラシを前に悩んでいるが、レミエルはまったく理解できない。農地にできる土地はある。

「園長、自分の手で育めばよい。幸いにも土地はある」

「子供たちが……犬や猫もいるから家庭菜園は無理だ」

「子供たちに緑の大切さを教えよう。幼くても自分たちが育てている緑を踏み荒らさぬであろう。そのような悪しき子、いると思わず」

レミエルは子供たちを懇々と諭してから、一緒に野菜の種や苗、肥料を購入した。そうして、荒れ放題の花壇を耕した。

子供たちは楽しそうに土いじりをしているし、犬や猫も邪魔しようとはしない。

ただ、大公爵の妻子がなんの前触れもなく現われたから、レミエルは覚悟していた。何かある、と。

案の定、事態が大きく動きだす。

ベルフェゴールとアスタロト・ジュニアが策を講じ、故意にゼウスに飛ばされるように仕向け、オリュンポスに乗りこんだ。そんなイメージが流れてくる。

おそらく、ベルフェゴールが見せているのだろう。いつになく、並々ならぬ闘志が漲っているようだ。

ゼウスがここにいるのか、とレミエルが神経を尖らせた時。

「チビベルママ、直太朗お兄ちゃん、助けてーっ」

子供たちに泣き叫ばれて駆けだした瞬間、ベリアルの声が聞こえてきた。

『レミエル、チビタとチビベルがオリュンポスに飛んだ。園長がゼウスにやられた。俊介もやられそうだけど、アスタロトが動く。グリーンホームで寝ているのはチビベルのコピーだ。かっくんやなっちゃんも寝かした。魔界に避難してくれ』

ベリアルの言葉を無視し、レミエルは子供たちとともに走った。これで意思は通じたはずだ。

ゼウス、善良な牧師に許さぬ、とレミエルは心底に怒りを鎮める。

「チビベルママ、こっち。こっちよーっ」

おとなしい女児が手招きしたところ、直太朗は厨房《ちゅうぼう》の入り口で倒れていた。周りでは子供たちが泣きじゃくっている。

「直太朗お兄ちゃん、救急車ーっ」

小学校六年生の男の子が救急車を呼ぼうとしたが、直太朗は床で唸りながら止めた。

「……ま、待て……救急車は駄目……い、医療費でハンバーグを……みんなにハンバーグ……人間の治癒力にかける……」

直太朗の言葉を聞き、子供たちの泣き声が大きくなる。

ベリアルが告げた通り、直太朗はゼウスの攻撃を食らったのだろう。一見、外傷はない。単に疲労が重なったように見える。

ゼウスも手加減したのか？

太古のゼウスならば直太朗の下肢を吹き飛ばしていたかもしれぬ、とレミエルは胸中で考えた。なんにせよ、巻きこまれた直太朗が哀れだ。

「園長、休め」

レミエルが膝をつくと、直太朗は縋るように手を伸ばした。

「……そ、そんなことより、子供たちのご飯……」

どんなに苦しくても自分より子供たち。

崇高《すうこう》な魂の持ち主にレミエルは胸を打たれた。

「承る」

「……レ、レミエルさん……俊介くんを……お坊ちゃまを台所に入れないでくれ……危険……お坊ちゃまに何かあったらうちは詰む……」

直太朗のトラウマがひしひしと伝わってくる。小学校六年生の男の子も小学五年生の男女も大きく頷いた。子供心にも八雲家当主の家事能力には問題があることがわかっているらしい。

「俊介たちは急用で帰った」

レミエルは心配させないように大公爵の妻子の不在を告げる。

「……また?」

「立て込んでいる様子」

「……レミエルさんも帰らなきゃ駄目なのか?」

直太朗の今にも昇天しそうな顔に、レミエルは苦笑を漏らした。

「園長が心配で帰れぬ」

「……あ、ありがとう……じゃ、遠慮なく……賞味期限スレスレで三割引の卵と五割引の豆腐と納豆……今日のうちに食べさせてほしい……」

卵はわかるが、豆腐と納豆はわからない。それでも、レミエルは顔色を変えずに頷いた。

「委細《いさい》承知」

「……今さらだけど……料理できる？」

「野営は得意であった」

過ぎ去りし日、サタンに操られた盗賊から村を守るため、レミエルは幾度となく人間に扮《ふん》して戦った。火をおこすのも、野生の獣を狩って焼くのも、川で魚を獲って焼くのも得意だ。

「……俊介くんみたいにコンロの使い方がわからない……コンロに近寄ったこともないとか……違うよな？」

コンロと言われてもレミエルはわからない。ただ、今はそんな時ではない。それだけは確かだ。

「園長、休め。子供たちを嘆《なげ》かせる気か」

直太朗は子供たちの心の拠り所。

『レミエル、頼む』

大公爵の妻の声が聞こえたような気がした。大公爵とともにオリュンポスに乗りこむのだろう。

『委細承知』

レミエルは心魂から答えると厨房に向かった。天使の力を失った自分にできることが残っていたから。

けれども、想像を遥かに凌駕した厨房に困惑した。

「……えっとね。この電子レンジとトースターは古いけど、まだ使えるの。炊飯器も古いけど、直太朗お兄ちゃんがお祈りしているから大丈夫」

お手伝い係の小学六年生の少女が笑顔で説明してくれるが、レミエルには初めて見るものばかり。

やはり、コンロの使い方がわからない。

……これは現代の竈《かまど》のようなもの？

竈であるな？

火を使わねば温かい食事は用意できぬ、とレミエルはコンロの前で立ち尽くした。

鍋や包丁はなんとなくわかる。ジャガイモやニンジンやタマネギ、三種類のキノコ、大豆や小豆もわかる。塩だけでなく高価だった胡椒も砂糖もあるから安心したのに。

「チビベルママ、どうしたの？」

お手伝い係の女の子に不思議そうに声をかけられ、レミエルはコンロを差しながら言った。

「竈の使用に関し、御教授願いたい」

「……え？」

「火打ち石があれば火を起こす」

「……火打ち石？　それは何？」

お手伝い係の表情から、そんな時代ではないと悟る。

「……では、献立《こんだて》は決まっているのか？」

レミエルが質問を変えると、小学校六年生の女の子は古い冷蔵庫を差した。

「知らない……けど、直太朗お兄ちゃんが今日中に食べるって言っていたのは納豆と豆腐と卵」

「用意してくれぬか？」

レミエルの言葉通り、小学六年生の女の子は作業台に直太朗が案じていた食材を並べた。

……卵はわかるが、この白いのはなんだ？

こちらの異臭がする豆は臭っているのではないか？

賞味期限に猶予《ゆうよ》がないと園長は言っていたが、賞味期限がとうの昔に過ぎた豆ではないのか？

らず。

太古の領主は腐った肉を客人に振る舞っていたが、あれは肉が貴重だったからにほかな
文明が発達した世、このようなものを子供たちに食べさせていいのか、とレミエルは納
豆を前にして真剣に悩んだ。

しかし、子供たちの空腹を訴える声が聞こえてきたからそんな余裕はない。

「肉はないのか？」

肉があれば手っ取り早いが、作業台にも冷蔵庫にも見当たらない。

「高くて買えない、って」

「狩りに出てくる」

それならそうともっと早く言え、とレミエルは勢いこんだ。大天使たちに感服《かんぷく》されたが、
弓矢には自信がある。

「……え？　狩り？」

お手伝い係のポカンと開いた口を見て、レミエルは時代の流れを痛感した。ベルフェゴ
ールを身籠もり、出産を阻んでいた時間がどれだけ長かったか。

「……いや、これだけあればスープ……あ、ライスがあるなら野菜粥《がゆ》にできる」

……井戸はないが水はある。

鍋もある。

塩で煮ればいい、とレミエルは野菜を包丁でカットした。ジャガイモの皮を剥くのも、タマネギのざく切りも得意だ。

「……うわーっ、チビベルママ、ヤバい。ヤバ〜い。まな板を使わずに切ってる」

お手伝い係がびっくりしているが、レミエルはまな板の必要性を感じない。昔からナイフ一本で調理も食事もすべてこなした。

コンロの使い方を教えてもらってから、ジャガイモもニンジンもタマネギもキノコも大きな鍋で煮る。昼食の残りだという米を入れた。ついでに食べ方のわからなかった豆腐も入れる。

「チビベルママのリゾットね……豆腐入りのリゾットって初めて……」

小学六年生の女の子が興味津々といった風情で鍋を覗きこんだ時、かっくんとまっくんが飛びこんできた。

「チビベルママ、キック」

やんちゃ坊主のダブル特攻にも狼狽しない。

「調理中。出来上がるまで待っておれ」

レミエルは左右の腕でそれぞれやんちゃ坊主を掴むと、台所の外に放りだした。小学五年生の少年に託す。

「……さて、納豆は食べ方がわからぬ。これは食べられるのか？」

レミエルが正直に明かすと、お手伝い係は納得したように頷いた。

「チビベルママ、納豆は任せて」

お手伝い係の少女にしてみれば、レミエルは金髪の、日本に慣れていない外国人だ。だが、楽しそうに納豆に薬味を混ぜた。

……面妖な、とレミエルは納豆のねばねばを眺めていたが、子供たちの絶叫で我に返る。

「卵はオムレツにしよう」

溶いた卵に根菜やチーズ、きのこを混ぜ、底の深い鉄板に流しこんで焼いた。塩と胡椒で味を調《ととの》える。

「チビベルママのオムレツ、美味しそう」

「直太朗お兄ちゃんのオムレツはケチャップだけ」

「直太朗お兄ちゃんのオムレツは厚焼き卵だよ」

匂いにつられ、子供たちが厨房に集ってくる。どうも、直太朗が作ったことのない卵料理だったらしい。つまみ食いしようとする子供を止めるのも大変だ。

「席に着け。お祈りをしよう」

レミエルはオムレツを鉄板ごと食堂のテーブルに運んだ。スープも大きな鍋のままテーブルに置き、年長の少年と少女に任せる。

直太朗の教育が行き届いているから、子供たちはちゃんと食事の前にお祈り。

「いただきます」

子供たちはいっせいにレミエルの手料理に手を伸ばす。

一口食べた途端、それぞれ明るい笑顔で声を上げた。

「ママ、美味ちい～っ」

「チビベルママ、美味しいよ。ありがとう」

子供たちの笑顔を目の当たりにして、レミエルの口元も自然に緩む。台所に戻り、作業台に置かれていたパンとリンゴを使ってバタープディングを焼いた。レミエルにとってスイーツは食事の一部だ。

子供たちがオムレツとリゾットを食べ終えた頃、バタープディングにメイプルシロップをかけ、深い鉄板のまま食堂に運ぶ。

「うわーっ。しゅごい。しゅごいーっ」

「チビベルママ、ちゅごい。今日は誰かのお祝い？」

「チビベルママ、今日はクリスマス？」

子供たちは深い鉄板で焼かれたリンゴのプディングに大はしゃぎ。

もっとも、お手伝い係の女の子は心配そうに話しかけてきた。

「チビベルママ、そのリンゴとパンは明日の朝用。メイプルシロップも特別の日用」

常日頃、小学六年生の女の子は直太朗のサポートで台所に立っている。グリーンホーム内で直太朗に次いで逼迫《ひっぱく》した経済状況を知る立場だ。

「……そうなのか？」

レミエルが驚愕で目を瞠ると、お手伝い係は空っぽのパン籠を見つめて言った。

「明日の朝、どうするの？」

「何かあるのではないか？」

レミエルはお手伝い係の少女とともに冷蔵庫やパントリーを調べ、直太朗の心痛の種を把握した。

「……そういうことか」

レミエルが独り言のように零すと、お手伝いの少女が悲しそうに言った。

「うち、貧乏なの」

「貧しくても神に祈れば、神は光明を与えてくださる。案ずるな」

神は決してこの子たちを見捨てない。

　ガブリエルが動くはず、とレミエルは直太朗に加護を与えている大天使を瞼に再現した。

「直太朗お兄ちゃんも同じことを言っていたけど、スーパーに買い出しにいったら泣きそうになって……八百屋さんの前では倒れそうになったの……」

「ともに祈ろう。ともに耕そう」

　レミエルが力強く言った時、どこからともなく子供たちの叫び声が聞こえてきた。

『野菜がこんにちはしてるかもしれない。見に行こうーっ』

『うんうん、もう野菜、大きくなっているよね～っ』

『チビベルママとお祈りちたもん』

『モグモグできるでちゅ』

　舌足らずな声で聞こえてきた会話は理解できない。……が、無理やり理解した途端、レミエルはスタートダッシュ。

「待て。今日植えたばかりーっ」

　レミエルが慌てて追いかけると、すでにかっくんを筆頭にやんちゃ坊主たちは野菜の種や苗を植えた庭に。

　きつい風が吹く中、大型犬が守るように付き従っていた。

「何をしている？」

レミエルが息堰《いきせき》切って駆けつけると、子供たちは真剣な顔で振り返った。

「チビベルママ、野菜、どちて？」

「チビベルママ、モグモグ、ないない」

「チビベルママ、ニンジン、ないない。どちて？」

どの小さな指も夕闇に包まれた花壇を差している。かっくんは顔を地面に擦りつけ、芽が出る瞬間を待っているようだ。

「今日、植えたばかり。時間がかかる」

年端《としは》もゆかぬ童《わらべ》とはこういうもの、とレミエルは遠い過去に思いを馳せた。川で洗濯物を洗っていた時代から子供は変わらない。

「じゃ、ニンジン、出てくるの待っている」

「うんうん、待つでちゅ」

「こんにちは、するでちゅ」

子供たちは花壇の前に膝を抱えて座りこむ。

「まだまだ先ぞ。戻れ」

一筋縄ではいかない子供相手にレミエルの奮戦は続く。泣きじゃくる双子の赤ん坊を背負って、子供たちを風呂に入れ、寝間着に着替えさせるのも大騒動。

このまま眠らせたいのに、やんちゃ坊主もお転婆な女児もオムツの幼児も寝室から逃げてしまう。

「……レミエルさん……ごめん……」

直太朗がフラフラしながら起きてきたから、レミエルは背中の赤ん坊をあやしながら目で制した。

「園長、休め」

「……し、心配でおちおち寝ていられない」

「悪化したほうが迷惑」

レミエルがぴしゃりと言うと、小学六年生の男女がふたりがかりで直太朗を寝所に戻した。年長の少年と少女は施設の第二の父と母だ。

「園長、赤ん坊は頼む」

「……わ、わかった……」

双子の赤ん坊を直太朗のそばに置き、託した。赤ん坊も直太朗がいれば泣かず、安らかな寝息を立て始める。

ふと、レミエルも眠気を感じたが振り切った。

まだまだ寝ていられない、と。

棚から落ちたタオルを拾っていると、目の前に深紅の薔薇が過ぎった。……ような錯覚。

『チビベル、戻ったぜ』

ベリアルの声がどこからともなく聞こえてくる。

「無事か？」

『無事だけど、魔力を使い果たしている』

レミエルはベルフェゴールのコピーが寝ている部屋に向かった。走ってはいけないと注意しつつ、どうしても走ってしまう。

レミエルはドアの前で深呼吸し、冷静になってから部屋を覗いた。

「…………ママ……」

ベルフェゴールのコピーではない。本物のベルフェゴールがベッドで力なく横たわっている。傍らにはずっとなっちゃんと三匹の猫。

「よくやった」

レミエルが小声で褒めると、ベルフェゴールは嬉しそうに手を伸ばした。

「……チビベル……ママの子……」

自分に向けられた小さな手が拒めない。レミエルはベルフェゴールの小さな手に優しく触れた。

「我を母と呼ぶなら静養せよ。身体を労れ」

ぎゅっ、と小さな手に握られ、レミエルの胸がいっぱいになった。こんな思いは今まで
に抱いた記憶がない。

「……うん……チビベル、ママの子……」

「我の子ならば眠れ」

レミエルがベルフェゴールの額を優しく撫でる。ずっと付き添っていたなっちゃんも小
さな手でなでなで。

ベルフェゴールは幸せそうに目を閉じると、小さな寝息を立て始めた。

「チビベル、おねんねちた？」

「なっちゃん、ありがとう。もうお休み」

レミエルが優しく労《ねぎら》うと、なっちゃんは首をふるふる。

「あたち、チビベル、看病なの。ママみたいにお空に行かせないでちゅ」

周りの三匹の猫に向かって、なっちゃんは何やら真剣に注意した。亡き母のように天に
召されないように止めろ、と命じているようだ。

母を亡くした子の心が切ない。

「なっちゃん、ありがとう。今宵は休みなさい」

「チビベルママ、だっこちて」

なっちゃんに手を伸ばされ、レミエルは力強く抱き上げた。

「神はいつでもなっちゃんとともに。いい子だ」

「ママの匂いでち」

この子に幸多き人生を歩ませたまえ、とレミエルが心魂から願っていると控えめなノックの音。

なっちゃんは小学六年生の女の子が迎えに来たから任せる。三匹の猫はベルフェゴールの枕元で丸まったまま。

壁の染みが赤く染まったことに気づき、レミエルは静かに部屋から出た。廊下に佇むと、足元が赤いオーラに包まれる。

『レミエル、チビベルはよくやった。チビタやキューピッドと組んで、サタン様とアスタロトの力を利用して、ゼウスに一泡吹かせた。オリュンポスは戦争どころじゃない』

ベリアルにとっては痛快な幕引きだったらしく、声音はいつになく弾んでいた。

「どのような手を使った？」

魔王や大公爵、子供たちだけならば、レミエルもある程度の戦法の予測は立てられる。

だが、アフロディーテの不義《ふぎ》の子が加わった策は想像できない。

『俺もびっくりした。アスタロトもサタン様も驚いたと思うぜ』

七大悪魔にとっても意表を衝かれた奇策だったようだ。レミエルはきつい語気で迫った。

「申せ」

『それは魔界でゆっくり』

赤いオーラにレミエルの全身が包まれる。ベリアルの魔力による瞬間移動だ。……が、レミエルは素早く赤いオーラから身を引いた。

「戻らぬ」

『どうして？』

「わからぬのか？」

ドスンバタン、ガシャーンッ。

今でも廊下の突き当たりの部屋から、けたたましい物音が響いてくる。おそらく、やんちゃ坊主がパジャマ姿で暴れているのだろう。二階でも何かしているらしく、ドスンドスンドスン、ミシミシミシミシッ、という不気味な音とともに天井から埃《ほこり》が降ってきた。

レミエルは咳き込まないように手で口と鼻を覆う。

『……どうして、レミエルがグリーンホームのお母ちゃんになっているんだ？』

漂う赤いオーラがベリアルの呆れ顔になるが、レミエルは構っていられない。足早に物音のするほうへ向かった。

「子供たちを寝かさねばならぬ」

『レミエル、ここにいたら危ない。説明しなくてもわかっているだろう』

「まず、寝かしつける。邪魔をするな」

子供たちを寝台に放りこむまで安息の時は来ない。子守歌を何度も求められ、歌い続けてやっと夢の国に送りこむ。

どの子も寝顔は天使。

レミエルはようやく一息ついた。

……否、静寂はほんの束の間。

「……むにゃ、おちっこ」

眠そうな男児がトイレではなく台所にとてとて向かう。タオルケットを引き摺りながら。

「そちらではない」

レミエルは慌てて男児を抱えてトイレに運んだ。

ほっとする間もなく、おしゃぶりの女児がウサギのぬいぐるみを抱いて玄関に向かってヨチヨチ。

やんちゃ坊主がいきなり泣きだし、レミエルは慌てたが悲嘆に暮れたりはしない。ただただ子供を守るために動いた。

グリーンホームの夜は魔界とはまるで違う。天界ともまったく違う。かつての人間界とも違う。

我が我でいるうちに無に還りたい。

そんな思いを抱く余裕もない。

そういったことを考える時間もないのだ。

ようやく安らかな空気に包まれた頃、レミエルは素早くシャワーを浴びてからベルフェゴールが寝ている部屋に戻った。ベリアルの気配はない。

明りは点けなかったが、寝台のベルフェゴールの目が開いた。

「……むにゃ……ママ？」

「……起こしてしまったか」

レミエルは心の中で詫びたが、ベルフェゴールは嬉しそうに笑った。

「チビベルのママ」

「まだ力は戻っていないはず」

眠れ、とレミエルは静かに続けたが、ベルフェゴールは物音を立てずに上体を起こした。

「……ママ……チビベルママ……」

ぎゅっ、とベルフェゴールにしがみつかれ、レミエルの心が大きく揺れた。腕が自然に動き、小さな身体を抱き締める。

「よく戻った」

ベリアルも大公爵も驚いたらしいが、ゼウス相手にどのような策を練った？

天使長もゼウスには何度も煮え湯を呑まされたのに見事、とレミエルは胸底で称賛する。

何より、無事で帰還したことが嬉しい。

「……ママ……」

甘えるように顔を擦りつける幼子が無性に愛しくなる。

気づいた時には額に口付けていた。

我が我でなくなる。

グリーンホームではその恐怖に駆られるまもない。

「眠れ。身体のため、深く眠れ」

小さな手に引き寄せられ、レミエルも同じベッドに横たわる。サイズはシングルだが、ふたりでも充分。

「……ふっ……ママ……」

至近距離で見つめる目は潤んでいるが、頬は嬉しそうな完熟トマト色。

「眠れ」

幼子の目が閉じた後、つられるようにレミエルも深い眠りに落ちた。


赤い鳥に唇を突かれたような気がした。

何奴、とレミエルが目を覚ました時、目の前には人間界のスーツに袖を通したベリアルがいた。隣ではベルフェゴールがあどけない寝顔で寝息を立てている。

「レミエル、起きたのか」

まるで悪戯がバレた悪童のような顔。

「ベリアル、我に何をしようとした？」

レミエルは幼子が目覚めないようにそっとベッドから降りる。

「誓って何もしていない。ただ、魔界に帰ってもらおうとしただけ」

「断わる」

「あのさ、説明しなくてもわかるだろう？」

ベリアルの懸念はわかるが、レミエルはそれどころではない。逼迫した台所事情を目の当たりにして、使命感に燃え上がっている。

「……人間界にも愛人がいたはず。世俗に通じているな？」

サタンの愛人として離宮に幽閉されている時も、人間界を覗く機会はあった。目まぐるしい速さで移り変わる人間界と変わらない自分に慟哭《どうこく》したものだ。

「どうした？」

「食糧を調達したい。狩猟の時代ではなかろうが、魚は川や海で捕まえているはず。川か海に連れてまいれ」

レミエルには槍一本あれば、魚を捕獲できる自信があった。……いや、槍でなくても、木の枝でもいい。

「それ、それな～っ。だからぁ、どうして、レミエルがグリーンホームのお母ちゃんになっているんだ？」

「明日の朝の糧《かて》がない。子供たちにひもじい思いをさせたくない」

遠い日、善良な人々が一握りの小麦のために争った。純真な子供の餓死を止められず、落胆した記憶がまざまざと蘇る。

「俺が寄付する」

大悪魔の居城では一日中、豪勢な食事が用意される。酒もスイーツもテーブルに食べきれないぐらい並んだ。

「魔界の料理は断わる」

「わかっている」

ベリアルは肩を竦めると、使い魔に命令した。

いつの間にか、空の主役が変わる時。

子供たちはぐっすり寝ているが、そろそろ直太朗の起床時間だ。

レミエルが顔を洗って、グレーのジャージに着替えると、台所には食材が山のように用意されていた。これでよろしいか、とばかりにベリアルが舞台役者のようにキザなポーズを取る。

あんずやさくらんぼは初夏の果実ではなかったか？

栗は秋の果実のはず。

季節を無視して収穫される魔界の果実か、とレミエルは怪訝な顔で果物を眺めた。手に取って確かめ、匂いも嗅ぐ。

「ベリアル、何故、夏と秋の果実がある？　魔界の食物は断わると言ったであろう」

作業台に並べられた野菜やキノコ、木の実の収穫時期にも統一感がない。

「……あぁ、現代は発達して……この国では発達して季節に関係なく食材が手に入る。夏でも栗が出回っているし、冬でもさくらんぼが食える」

「……なんと」

レミエルは時の流れを実感しつつ、冷蔵庫を開けた。牛肉や鶏肉、魚介類で埋まっている。何種類ものチーズやバター、牛乳などの乳製品も豊富だ。

子供たちの腹を手っ取り早く満たせて栄養価の高いもの、とレミエルはスープを脳裏に浮かべて野菜を切りだした。

作業台には何種類もの粉が用意されているが、ライ麦パンやカンパーニュ、ブリオッシュなどのパンとともに苺のジャムも並んでいる。直太朗のようにパンを焼く必要はない。

「レミエルが作るのか？」

「いかにも」

シナモンやジンジャー、バニラのさや、各種スパイスもオイルも作業台の端に並んでいた。タルトもケーキも焼ける。

「調理人も用意するぞ」

「無用」

昨日の夕食と同じように、大きな鍋で野菜やキノコを煮てスープを作る。昨日と違うのは、海老や貝が入っているところだ。

「レミエル特製シーフードスープか？」

ベリアルの声を無視し、レミエルは深い鉄板でスライスしたジャガイモとタマネギ、カットした鶏肉にチーズを乗せて焼いた。

「レミエルの手料理は大きな鍋に大きな鉄板に……味付けは塩と胡椒のみ……豪快だな」

大きな鍋で米を水で煮ていると、直太朗がふらつきながら現われた。

「……レミエルさん、おはようございます」

「園長、おはようございます。顔色がよくない。寝ていたまえ」

レミエルはきつい声で言ってから、大きな鍋で煮ている米を木べらで掻き混ぜた。

「……いい匂いにつられて起きました。……そ、その食材はどうしました？　幻覚じゃないですよね？　うちじゃ絶対に手が出ない果物やナッツが並んでいます……うわ、高級ホテルのジャムもパンも……小麦も有機小麦……」

直太朗は夢を見ているような目で、作業台に積まれた食材を見つめた。メロンの前で自分の頬を抓《つね》る。

「寄付です」

「寄付？」

直太朗が首を傾げると、冷蔵庫の陰に隠れていたベリアルが前に出た。

「園長、初めまして。ベリアルと申します。俊介とは古いつき合いです」

ベリアルが優雅に自己紹介すると、直太朗は納得したように目を輝かせた。生気《せいき》が戻ったようだ。

「……あぁ、俊介くんの友人なら安心できる」

俊介くんの友人ならお金持ちだよね、と直太朗の目は如実に語っている。

「ありがとうございます」

「神のご加護がありますように」

直太朗が十字を切ると、七大悪魔は綺麗な作り笑いを浮かべた。

「……はは」

「……けど、レミエルさん、朝からそんなに豪華な食事は……」

直太朗に真剣な顔で注意され、レミエルは木べらを握ったまま反論した。

「いつ何時何が起こるかわからない。食べられる時に腹いっぱい食べさせておくがよい」

朝食ならばスープとパンがあればいいとも思った。カットした果物がデザートだ。けれど、子供たちにいろいろ食べさせたくなった。張り切りすぎた自覚はあるが、今となっては止められない。

「……あ、そりゃ、いつ何があるかわからないけれど……その、貝も魚も鶏肉もチーズも高いから……まるでお祝いメニュー……」

直太朗の視線は大きな鍋のシーフードスープや深い鉄板で焼いている鶏肉のチーズ焼き。

「窃盗団に襲われるかもしれぬ。半時後、他国に攻めこまれたらいかがする？」

レミエルには人間のふりをして戦火を潜り抜けた過去が染みついている。明日用に食材を回しても、明日になる前に守るべき子供が敵の刃で殺された。今でも思いだすだけで肺腑が抉られるように辛い。

「……今の日本では大丈夫だと思う……たぶん……そりゃ、天災はいつあるかわからないけれど……」

「サタンの気まぐれでいつ何が起こるかわからぬ」

「……とりあえず、朝ご飯はお粥だけでいいと思う。果物もあるし」

すでにさくらんぼや杏は洗って大きな皿に盛っている。未だかつてグリーンホームには登場しなかった高級品。

「デザートと果物では栄養が足りぬ」

心配しなくても保存用は取っておる、とレミエルは大きな鍋に牛乳や砂糖を加えながら掻き混ぜた。焦がさないように注意。

「……げ、お粥に砂糖を混ぜた？　塩と間違えたのか？」

「間違えておらぬ」

レミエルが大きな鍋にバニラのさやを入れた時、お手伝い係の小学六年生が元気よく飛びこんできた。

「うわ～っ、いい匂い……えぇ？　ミルクのリゾット？」

直太朗に続いてお手伝い係の少女にも間違えられ、レミエルは木べらで米をすくって見せながら答えた。

「ミルク入りのライス、デザートだ。好みでシナモン、果物や木の実と食べるがよい」

「お米のデザート？」

お手伝い係が目を丸くすると、直太朗は思いついたように手を叩いた。

「……あ、フランスのリ・オ・レ？　トルコとかイスラムでも食べられているよね」

「園長、休んでおれ」

「……けど……」

「食材の心配は無用なり。ベリアルの寄付は今後もある」

寄付しろ、とレミエルは視線だけでベリアルに圧力をかけた。否と言わせる気は毛頭ない。

「寄付は喜んでさせていただきます」

レミエルの圧力に屈した秀麗な大悪魔が直太朗を歓喜させた。

食堂に集った子供たちはレミエルの朝食に歓喜した。特に初めて見る米のスイーツには大はしゃぎ。

食の細い子供までおかわりしたから、直太朗が腰を抜かさんばかりに驚いた。

子供たちの笑顔にレミエルの頬も緩む。

だが、ベリアルが当然のように隣にいるから気にくわない。一瞬で子供たちが懐いてからはなおさらだ。ベルフェゴールも最愛の母や仲間たちがいるからか、ベリアルを見ても涙ぐむだけで泣かなかった。

「ベリアルお兄ちゃん、チビベルママのモグモグ、おいちいね」

純真な女児に話しかけられ、邪悪な大悪魔が優しく微笑む。

「そうだな」

「ベリアルにいに、チビベルママ、うまうま」

無邪気な男児に声をかけられても、ベリアルは優しく返した。やんちゃ坊主や気難しい子供もベリアルに笑顔全開。

あっという間に馴染んでいるから、レミエルは危機感を抱いた。

「……よいな。ベリアルを決して見習ってはならぬ」

レミエルは指でベリアルを差しながら子供たちに注意した。

もっとも、子供たちはびっくりしたようで口をポカン。

ベルフェゴールはレミエルの隣でコクリ。

「……レミエルさん、ベリアルは寄付をたくさんしてくれた慈善家じゃないか」

直太朗に苦渋に満ちた顔で反論され、レミエルは首を左右に振った。

「寄付は今後もさせるが、慈善家に非ず」

「俊介くんの友人だろう？」

「未来ある子供たちの手本にならぬ魔物」

「……魔物？」

直太朗が惚《とぼ》けた顔を浮かべると、ベルフェゴールが勇気を振り絞ったらしく真っ赤な顔でベリアルをスプーンで差した。

「……愛人、めっ」

ベルフェゴールはベリアルに向けたスプーンを引かない。ほかの子供たちはそれぞれ目をぱちくり。

「チビベル、またそれなのか？」

ベリアルは肩を竦めたが、食堂の空気は一変した。

「ベリアルお兄ちゃん、愛人がいるの？　駄目よ」

お手伝い係の少女の非難を皮切りに、子供たちは次から次へとベリアルを詰った。

「そうだよ。ベリアルお兄ちゃん、愛人は駄目。絶対に駄目。パパに愛人がいたからママが怒って出ていっちゃったの」

「ベリアル兄ちゃん、愛人は駄目ーっ」

「べーにいに、めっめっめっめっめっめっめっめーっ」

「べーにいたん、あいたん、めっめっめっめっめーっ。めーでちゅーっ」

愛人の意味をわかっているのか、わかっていないのか、どう考えてもわかっていない乳幼児までブーイング。

「わかっている。愛人は作らない。約束する」

ベリアルが子供たちに指切りで誓えば、レミエルの心の霧が晴れていく。無意識のうちに、口元が緩んだ。

我が我でなくなる。

グリーンホームではそれが恐怖だと思うこともない。

レミエルは言葉では表現できない充実感でいっぱいになった。

あとがき

セシル文庫様では十六度目ざます。十六度目のご挨拶ができて、己の強運ぶりに浸っている樹生《きふ》かなめざます。

お久しぶりのチビタ。

あちらの神だけでなくそちらの神にも怒られそうですが、ひどすぎる神に怒る資格はない……いえ、失言ざます。……だってさ、あれもこれもちょっとあまりにも……語りだしたらヤバいざますからそろそろ。

担当様、いろいろとありがとうございました。深く感謝します。

加賀美炬《かがみかがり》様、珍妙な方向に進化したチビタ物語を盛り立てていただき、頭が上がりません。本当にありがとうございました。深く感謝します。

読んでくださった方、ありがとうございました。

再びお会いできますように。

人間ピラミッドで苦い思い出がある樹生かなめ

セシル文庫をお買い上げいただき、ありがとうございます。
この本を読んでのご意見・ご感想・ファンレターをお待ちしております。

☆あて先☆
〒154-0002　東京都世田谷区下馬6-15-4
コスミック出版　セシル編集部
「樹生かなめ先生」「加賀美 炬先生」または「感想」「お問い合わせ」係
→EメールでもOK！ cecil@cosmicpub.jp

セシル文庫

悪《あく》魔《ま》との赤《あか》ちゃんゼウス共同《きようどう》戦《せん》線《せん》

2024年6月1日　初版発行

【著者】　樹生《きふ》かなめ
【発行人】　佐藤広野
【発行】　株式会社コスミック出版
〒154-0002　東京都世田谷区下馬 6-15-4
【お問い合わせ】　-営業部- TEL 03(5432)7084　FAX 03(5432)7088
-編集部- TEL 03(5432)7086　FAX 03(5432)7090
【ホームページ】　https://www.cosmicpub.com/
【振替口座】　00110-8-611382
【印刷／製本】　中央精版印刷株式会社

乱丁・落丁本は、小社へ直接お送り下さい。郵送料小社負担にてお取り替え致します。
定価はカバーに表示してあります。

ISBN978-4-7747-6564-8 C0193